HIBANA

불
꽃

HIBANA

불꽃

마타요시 나오키 지음 ― 양윤옥 옮김

소미미디어
Somy Media

한국 독자들에게 드리는 편지

내 아이가 코미디언이 되고 싶다고 말했을 때, 그것을 선뜻 받아들이고 밀어주시는 부모님은 웬만해서는 없습니다. 하지만 그래도 일본에서는 코미디언을 꿈꾸는 젊은이가 끊임없이 뒤를 잇고 있습니다. 아마도 텔레비전에서 활약하는 몇몇 개그맨이 젊은이들에게 절대적인 영향력을 끼쳤기 때문이겠지요.

코미디언이 되기 위해서는 학력도 집안도 뛰어난 용모도 필수 조건은 아닙니다. 필요한 건 특별한 재미를 만들어내는 능력뿐입니다. 빈부와 관계없이 평등하게 기회가 주어지는 세계인 것입니다. 어느 나라에서 랩이 그러하듯이 혹은 축구가 그러하듯이 일본에서는 코미디언이라는 직업이 젊은이들에게 기회를 마련해 주는 기능을 하고 있습니다.

코미디 중에서도 특히 오래전부터 우리에게 친근한 것이 스탠드 마이크 앞에 두 사람이 나란히 서서 줄기차게 재미있는 대화를 펼치는 '콤비 개그'입니다. 이 콤비 개그는 자유도自由度가 높고 각 콤비에 따라 스타일이 달라서 참신한 발상이나 기분 좋은 리듬, 사회 현상을 독특한 시점에서 포착하는 등 얼마든지 다양한 변주가 가능합니다.

나는 어린 시절 텔레비전 프로에서 콤비 개그를 보고 언젠가 코미디언이 되고 싶다고 생각했습니다. 내 경우는 집에서 책이라도 읽을라 치면 폼 재지 말라고 아버지에게 혼이 나는 그런 가정이었기 때문에 개그맨이 되겠다고 말해도 아무도 말리지 않았습니다. 하지만 개그맨이 된다는 건 간단한 일이 아니기도 했고 그걸로 먹고살 수 있게 된 것도 최근의 일입니다.

《불꽃 HIBANA》은 개그맨으로서, 코미디언으로서 살아가기를 꿈꾸었던 젊은이들이 주인공입니다. 이것은 저 혼자만의 이야기가 아니라 함께 무대에 섰던 동시대의 수많은 개그맨들, 그리고 그들을 뒤에서 지원해 준 사람들과 모두 함께 공유했던 풍경입니다.

　새로운 한국 독자 여러분들께 이 이야기가 어떻게 가닿을지 즐거운 마음으로 기대하고 있습니다.

마타요시 나오키

HIBANA

목차

일러두기

* 공연명, 대회명, 곡명, 상호명은 〈 〉로 표기했습니다.
* 인명, 지명을 비롯한 고유명사의 표기는 국립국어원 외래어 표기법 규정을 따르되, 일반적으로 통용되는 경우에는 관용에 따라 표기했습니다.

땅을 흔드는 큰북의 율동에 높고 날카로운 피리 소리가 한데 어우러져 울렸다. 아타미만熱海灣의 바다를 마주한 길바닥은 한낮의 강한 햇살 흔적을 밤공기에 녹여낸 채 유카타 차림의 남녀와 가족 일행의 샌들에 밟히며 북적거리고 있었다. 도로 옆 작은 공간에 노란색 맥주 박스 몇 개를 엎어놓고 그 위에 베니어판 몇 장만 얹은 간이 무대. 우리는 그곳에서 불꽃놀이 대회장으로 가는 사람들을 향해 콤비 개그漫才를 펼치고 있었다.

중앙의 스탠드 마이크는 콤비 개그 전용이 아니라서 측면에서 오는 소리는 거의 잡지 못했기 때문에 나와 상대역 야마시타는 마이크를 삼킬 듯이 얼굴을 바짝 들이대고 서로에게 침을 튀겼지만, 막상 관객들은 잠시 멈춰서 지켜보는 법도 없이 불꽃놀이 관람 장소로 흘러갔다. 사람들의 수많은 미소는 우리에게 던져진 것이 아니었다. 축제의 흥을 돋우는 전통음악 소리가 상궤를 벗어날 만큼 격렬해서 우리 목소리를 정확히 알아듣는 사람들의 범위는 아마도 마이크를 중심으로 반경 1미터쯤밖에 안 될 터였다. 최소한 3초에 한 번 간격으로 웃기는 얘기를 하지 않으면 그냥 뭔가 주절거리는 놈들로 보일 것이고, 그렇다고 3초에 한 번 간격으로 무리하게 웃기는 얘기를 하려고 들면 자칫 웃기지도 않는 놈들로 간주될 위험성이 너무 높았다. 그래서 굳이 무모한 승부에 나서지 않고 우리도 이러고 싶지 않다는 노골적인 표정으로 주어진 시간을 채우려 하고 있었다.

결과가 그리 바람직하지 않아 거기서 어떤 얘깃거리를 풀어놨는지는 정확히 기억나지 않는다. "네가 키우는 사랑앵무의 말 중에서 가장 듣기 싫은 말은 뭐야?"라는 질문을 던진 야마시타에게 나는 먼저 "조금씩이라도 연금 좀 넣어라"라고 대답했다. 그러고는 "저 데드스페이스, 저대로 계속 놔둘래?" "긴히 할 얘기가 있어. 중요한 거야" "어제부터 나하고 눈을 안 맞추던데 혹시 나 잡아먹을 생각이야?" "넌 억울하지도 않냐?" 등등 아마도 사랑앵무가 할 리 없는 말을 내가 줄줄 늘어놓으면 거기에 대해 야마시타가 맞장구를 쳐가며 의견을 밝히는데, 왜 그런지 "넌 억울하지도 않냐?"라는 말에 대해서만 야마시타가 묘하게 민감한 반응을 보이며 혼자 웃기 시작했다. 그때 우리 앞을 지나가던 사람들은 야마시타의 웃음소리밖에 들리지 않았겠지만 그는 날숨이 아니라 들숨으로 웃었기 때문에 우리는 둘이서 그냥 멀뚱히 서 있는 젊은 놈들일 뿐이었다. 야마시타가 웃어준 것이 그나마 유일한 구원이었다.

아닌 게 아니라 하루 동안의 충실한 보람을 안고 집에 들어갔는데 침대머리의 앵무가 "넌 억울하지도 않냐?"라고 한다면 날개를 살짝 지져주고 싶을지도 모른다. 아니, 날개를 지져서는 앵무가 너무 가엾다. 오히려 라이터로 내 팔뚝을 지지는 편이 불을 무서워하는 동물에게는 격렬한 공포를 안겨줄지도 모른다. 불로 제 팔뚝을 지지다니, 새의 눈에는 오로지 경이로운 일로만 비칠 것이다. 그런 상상을 하다 보니 나도 조금쯤은 웃을 수 있었는데 행인들은 깜짝 놀랄 만큼 우리에게 관심이 없었다. 어쩌다 관심을 보이는 사람도 있기는 있었으나 그건 미간을 잔뜩 찌푸리고 우리에게 가운뎃손가락을 바짝 세워 보이는 자들뿐이어서 심히 불쾌했다. 수많은 사람들 속에서 느끼는 소외감에 나는 완전히 기가 죽어 지금 이 순간 내가 기르는 앵무에게 "넌 억울하지도 않냐?"라는 말을 듣는다면 눈물이 주르륵 떨어지는 거 아닌가,라고 생각하는 참에 우리 뒤편 바다 쪽에서 산과 산으로 폭음이 울려 퍼졌다.

도로에서 밤하늘을 올려다보는 사람들의 얼굴이 빨강, 파랑, 초록 등 온갖 색깔로 빛이 나서 그들을 비춰주는 사물의 정체가 궁금해졌다. 두 번째 폭음이 울렸을 때, 엉겁결에 뒤를 돌아봤더니 환상처럼 선명한 불꽃이 밤하늘 가득 피어났다가 잔재를 반짝이며 긴 시간을 들여 사라져 갔다. 자연스럽게 끓어오른 환성이 끝나기를 기다릴 것도 없이 이번에는 거대한 버드나무 같은 불꽃이 암흑 속에 드리워졌다. 헤아릴 수 없이 수많은 불꽃이 가느다란 몸을 뒤틀며 밤을 환히 밝히고 바다로 떨어져 내리자 한층 더 거대한 환성이 터졌다. 아타미는 바다가 산맥으로 빙 둘러싸인, 자연과의 거리가 가까운 지형이다. 그곳에 인간이 만들어낸 것 중에서도 특히 걸출한 장대함과 아름다움을 지닌 불꽃이 곁들여졌다. 이렇듯 모두 다 갖춰진 환경에 왜 우리를 불러들인 것인가라는 근원적인 의문이 머리를 쳐들었다. 산과 산에 메아리치는 불꽃의 폭음에 내 목소리는 지워져 한없이 왜소해진 나 자신에 낙담했지만 그래도 내가 절망에까지 내몰리지 않은 건 자연이나 불꽃에 압도적인 경의를 품고 있었기 때문이라는 그야말로 평범한 이유에 따른 것이었다.

이 위대한 것에 비하면 나 자신이 얼마나 무력한지 깨달은 바로 그날 밤, 오랜 세월을 함께한 사부님을 얻었다는 것에도 큰 의미가 있었다고 생각한다. 그건 주인께서 부재중이신 틈에 찾아가 염치없이 눌러앉은 듯한 일이었다. 그리고 나는 이 사부님 말고는 다른 어느 누구에게서도 가르침을 받지 않겠노라고 결의했다.

홀린 듯이 불꽃을 올려다보는 사람들 앞에서 결국 자포자기에 빠진 내가 "앵무는 바로 당신이야!"라고 사육자를 향해 부르짖는 사랑앵무 얘기를 시작한 참에 마침

내 우리에게 주어진 십오 분이 종료되었다. 땀만 줄줄 흘리고 아무런 보람도 없었다. 원래 불꽃이 터지기 전까지 이벤트는 모두 종료될 예정이었다. 관중이 몰려들어 장기 자랑에 나선 이 동네 노인회 어른들께서 흥분해 출연 시간을 대폭 초과하여 이 같은 참사가 일어난 것이다. 그날 밤 불꽃놀이 대회의 말단 행사 프로그램에서 생겨난 소소한 오차 따위는 아무도 수정해 주지 않았다. 예를 들어 우리 목소리가 불꽃을 위협할 만큼 컸다면 뭔가 달라졌을 수도 있겠지만 현실적으로는 엄청나게 작았다. 들으려고 하는 사람의 귓속에나 간신히 가닿았다.

우리가 무대에서 내려왔을 때 '아타미시 청년회' 명의의 누렇게 바랜 엉성한 텐트 안은 이미 노인네들의 술판이 되어버렸고, 그 한쪽 구석에서 대기하던 마지막 개그 콤비가 느릿느릿 밖으로 나갔다. 그리고 내 옆을 스쳐가는 순간에 "복수해 줄게"라는 분노에 찬 중얼거림이 들렸다. 그 말의 의미를 곧바로는 알아듣지 못했지만 나는 그 두 사람에게서, 특히 나한테 말을 던진 인물에게서 눈을 뗄 수 없었다. 인파 속에서 행인들에게 치여가

불꽃

며 나는 그들의 콤비 개그를 처음부터 끝까지 지켜보았다. 그 사람은 파트너보다 키가 훌쩍 컸기 때문에 비쩍 마른 허리를 한껏 숙이고 마이크를 깨물어 버릴 듯한 자세로 무대에 서 있었다. 행인들을 쓰윽 노려보면서 "안녕하십니까, '천치들'입니다"라고 자기소개를 한 뒤, 관객에게 시비를 걸듯이 소리치기 시작했다. 그게 또 거의 의미 불명의 말들이어서 어떤 상태였는지 정확히 기록하기는 어렵지만, "내가 영적인 능력이 아주 뛰어난 사람이거든. 사람 얼굴 딱 보면 그 사람이 천국에 갈지 지옥에 갈지 다 알아!"라고 침을 튀겨가며 부르짖는다. 그러고는 행인 한 사람 한 사람에게 손가락질을 하며 "지옥, 지옥, 지옥, 지옥, 지옥, 지옥, 지옥, 지옥, 지옥, 지옥, 지옥……. 어머, 뭐야, 죄다 죄 많은 인간뿐이네? 당신들, 똑바로 좀 살아요!"라고, 그러고 보니 왠지 내내 여자 같은 말투로 소리쳤다. 그 사람이 "지옥, 지옥, 지옥, 지옥, 지옥"이라고 연달아 부르짖는 사이에 상대역은 무엇을 하고 있었는가 하면, 두 사람의 개그에 불평을 던지는 자들에게 마이크를 통하지 않고 "너, 죽을래? 야, 이리 와봐!"라고 도깨비 같은 형상으로 소리쳤다. 여전히 또 한 사람은 집요하게 "지옥, 지옥, 지옥, 지옥, 지옥, 지옥"이라고 부르짖다가, 갑작스레 한곳에 시선을 향한 채 소리도 움직임도 멈춰버렸다. 어떻게 된 건가 하고 그 사람의 손끝이 가리키는 쪽을 쳐다봤더니 그곳에는 엄마 손에 이끌려 나온 어린 여자아이가 있었다. 나는 순간 심장이 뜨끔해져, 제발 저 사람이 아무 말도 하지 않게 해주소서, 하고 누군가에게 빌었다. 이 불꽃놀이 대회에 된통 당해버린 우리를 위한 복수라면 제발 그만 멈춰달라고 생각했다. 하지만 그 사람은 얼굴 가득 웃음을 지으며 "……즐거운 지옥!"이라고 다정한 목소리로 속삭이더니 "꼬마 아가씨, 미안해요"라고 뒤를 이었다. 와아, 나는 그 한 마디에, 이 사람이야말로 진실, 이라는 것을 알아버렸다. 결과적으로 그들은 우리보다 훨씬 더 큰 추태를 내보였고, 공연 후에는 주최자에게 얼굴까지 붉혀가며 혼이 났지만 그때조차 그 사람의 파트너는 주최자를 쓰윽 노려보며 위협하고 그 사람은 나에게 어린애 같은 웃음을 날리고 있었다. 그 무방비한 천진함에 대해 나는 분명하게 경외감을 품었다.

　텐트 한구석에서 옷을 갈아입고 있는데 그 사람이 주

최자의 매리잡언罵詈雜言*에서 도망쳐 웃는 얼굴로 내 옆에 다가오더니 "직불 출연료** 받았는데, 술 한잔할래?"라고 약간 긴장한 얼굴로 말을 걸어왔다.

여관이 줄줄이 늘어선 아타미 거리를 불꽃의 환한 빛을 받으며 말도 없이 둘이서 걸었다. 그는 호랑이가 그려진 검은 알로하셔츠에 오래 입어 낡은 리바이스501 청바지 차림이었다. 마른 편이지만 눈빛이 날카로워 함부로 접근하기 힘든 풍격이 있었다.

비바람에 상처 입은 간판이 내걸린 이자카야 한 귀퉁이에서 안정감 부족한 테이블을 사이에 두고 마주 앉았다. 우리 외에는 불꽃놀이와 인파에 지친 나이 든 관광객이 많았다. 모두가 압도적인 불꽃을 뒤에 달고 들어와 있었다. 벽은 누군가의 사인이 적힌 직사각형 색지로 꾸며졌지만 연기와 기름에 찌든 갈색으로 변해서 그 사인을 한 사람은 이미 죽은 게 아닌가 하고 막연히 생각했다.

"뭐든 좋아하는 거 주문해라잉?"

그의 다정한 말을 들은 순간, 안도감 때문인지 눈시

---

* 상대에게 온갖 욕을 해대며 큰소리로 꾸짖음. 또는 그 꾸짖는 말.
** 소속사를 거치지 않고 일을 맡아 주최 측에게 직접 받는 출연료.

울이 뜨거워져서 역시 내가 이 사람을 두려워하고 있다는 것을 다시금 깨달았다.

"인사가 늦었습니다. '스파크스'의 도쿠나가라고 합니다."

내가 정식으로 인사하자 그 사람은 "나는 '천치들'의 가미야라고 하외다"라고 이름을 밝혔다.

그것이 나와 가미야 씨의 첫 만남이었다. 내가 스무 살이었으니까 그때 가미야 씨는 스물네 살이었을 것이다. 나는 선배와 대작해 본 적이 없어 어떻게 술을 따라야 하는지 전혀 알지 못했는데 가미야 씨도 그때까지 선배나 후배와 술을 마신 적이 없는 듯한 눈치였다.

"천치들이라면, 굉장한 이름이네요."

"내가 이름 붙이는 게 영 서툴러. 우리 아버지가 노상 나한테 천치, 천치라고 했거든. 그거 그대로 붙였어."

병맥주가 나오고, 나는 난생 처음으로 남에게 술을 따라보았다.

"그쪽 콤비 이름은 영어라서 폼이 난다야. 너희 아버지는 너를 뭐라고 불렀냐?"

"아버님."

가미야 씨는 내 눈을 바라본 채 맥주잔을 단숨에 비웠고 그러고도 여전히 내 눈을 빤히 보았다.

몇 초의 침묵 뒤에 나는 덧붙였다.

"……이라고 해야 합니다. 남의 아버지를 말할 때는."

가미야 씨는 검은 눈을 한 차례 꾸욱 움츠린 다음에 대답했다.

"야, 사람 깜짝 놀라게 갑자기 바보 역할 대사 날리지 마라. 바보 역할 대사를 날린 건지, 가정환경이 복잡한 건지, 아니면 아버지가 바보인지, 판단하는 데 시간이 한참 걸렸잖아."

"죄송합니다."

"아니, 사과할 건 아니고. 언제든 생각나는 건 마음 내키는 대로 말해."

"예."

"그 대신 웃겨야 해. 내가 진지하게 질문했을 때는 분명하게 대답하고."

"예."

"다시 묻겠는데, 너희 아버님께서는 너를 뭐라고 부르셨냐?"

"올 유 니드 이즈 러브〈All You Need Is Love〉*, 입니다."

"너는 아버님을 뭐라고 불렀는데?"

"한계부락限界部落**."

"어머님께서는 너를 뭐라고 부르셨냐?"

"대체 누구를 닮았냐."

"너는 어머님을 뭐라고 불렀는데?"

"대체 누구를 닮았을까."

"대화가 척척 맞아떨어지네."

드디어 가미야 씨가 미소를 보이며 의자 등받이에 몸을 기댔다.

"둘이 덤벼서 시간깨나 걸렸다야. 개그가 이렇게 어려운 거였나?"

"저도 토할 뻔 했습니다."

"너나 나나 아직 멀었다. 우선 한잔하자."

나는 술을 따르는 타이밍도 잘 몰라서 어느새 가미야 씨는 자작으로 술을 마시고 있었다.

가미야 씨가 자꾸만 "오늘은 내가 낸다"라고 말해서

---

* 1967년에 발표된 비틀즈의 노래 제목.
** 65세 이상 고령자가 주민의 50%를 넘어 10년 내에 무인화 가능성이 높은 지역.

불꽃

이건 더치페이라는 뜻으로 짐작하고 "저도 내겠습니다"라고 했더니, "너, 바보냐? 개그맨 세계에서는 선배가 후배에게 밥이고 술이고 다 사주는 거야"라고 흐뭇한 얼굴로 대답해서, 아, 그 말을 해보고 싶었던 거구나, 하고 알았다.

나를 청해준 것이 기뻐서 무의식중에 자꾸 질문을 던졌다. 우선은 왜 개그할 때에 여자 같은 말투로 소리쳤느냐고 물어보았다.

"그게 더 신선하잖냐. 필연성 따위, 필요 없어. 그보다 여자 같은 말투를 쓰면 안 되는 이유는 뭐지?"

가미야 씨는 그렇게 말하고 진지한 표정으로 내 얼굴을 들여다보았다. 빨리 대답해야 하는데, 하고 나는 마음이 급했다.

"듣는 사람이 이 사람은 남자인데 왜 여자 말투로 이야기할까 하고 의아하게 생각하다 보면 중요한 이야기가 머릿속에 입력되기 힘들기 때문이 아니겠습니까?"

나는 착실히 대답했다.

"너, 대학 나왔냐?"

가미야 씨가 뭔가 불안한 기색으로 물었다.

"고졸입니다."

"에이, 깜짝 놀랐네. 대학도 안 나온 놈이 괜히 유식한 척 하지 마라."

그러고는 내게 얼굴을 들이대며 주먹으로 머리를 때리는 시늉을 했다.

가미야 씨는 "남들과는 다른 걸 하지 않으면 안 돼"라는 말을 되풀이했다. 소주를 다섯 잔쯤 마시고 불그레해진 얼굴에 두 눈이 슬슬 처지기 시작할 무렵, 얘기가 어떻게 흘러가서 그렇게 되었는지 모르겠으나, 나는 가미야 씨에게 "저를 제자로 받아주십시오"라고 머리를 숙이고 있었다.

그건 결코 장난삼아 한 말이 아니라 마음 깊은 곳에서 터져 나온 말이었다.

"좋아"라고 가미야 씨는 내 요청을 간단히 받아주고는 마침 술을 내온 점원에게 말했다.

"지금 이 자리에서 우리 둘이 사제 관계를 맺었으니 그대가 증인이 되어주셔야겠소."

점원은 "아, 예, 예" 하고 대충 흘려 넘기고 있었다. 처음 겪은 일일 텐데도 방법을 다 아는 듯 행동하는 가

불꽃

미야 씨가 믿음직스러웠다. 그런 어수선한 풍경을 증인 삼아 우리는 사제 관계의 계약을 맺었다.

"근데 딱 한 가지 조건이 있어."

가미야 씨가 뭔가 의미심장한 기색으로 입을 열었다.

"무엇입니까?"

"나라는 사람을 잊지 말고 꼭 기억해 줬으면 해."

"이제 곧 죽으십니까?"

가미야 씨는 내 질문에는 대답하지 않고, 눈을 깜빡거리는 것도 잊은 채 검은 눈동자의 움직임을 딱 멈췄다. 뭔가를 생각하는 동안에는 이따금 내 목소리가 들리지 않는 모양이었다.

"너, 대학을 안 나왔으면 기억력도 안 좋을 것이고 아무래도 나라는 사람을 금세 잊어버릴 거 아니냐. 그러니까 나를 지근거리에서 지켜보고 내 말과 행동을 글로 기록해서 내 전기傳記를 써줬으면 좋겠다."

"전기 말입니까?"

"그렇지, 전기를 완성하면 그걸로 내가 가르칠 건 다 가르쳐준 것으로 하자."

전기를 쓰라니, 이건 또 무슨 소리일까. 선배와 친분

을 쌓는 방식이라는 게 원래 이런 건가.

스파크스가 소속된 연예기획사는 규모가 작은 곳이었다. 내가 꼬맹이 때부터 텔레비전에 나오던 유명한 배우가 한 명 있고 그다음은 연극 무대를 중심으로 활동하는 배우 몇 명만 있을 뿐, 개그맨은 우리 스파크스밖에 없었다. 학생 시절에 아마추어 개그 대회에 참가했을 때 웬 사람 좋아 보이는 아저씨가 말을 걸어왔는데 그게 지금 소속사 사장님이다. 회사에 우리 한 팀뿐이면 분명 괜찮은 대우를 받을 거라고 생각했는데 애초에 일 자체가 몇 개 안 되고 주로 지방 행사와 작은 창고에서 하는 라이브 공연이 대부분이었다.

나는 줄곧 선배를 갖고 싶었다. 여러 소속사의 젊은 개그맨들이 모이는 라이브 공연 대기실 같은 곳에서 선후배 관계의 개그맨이 즐겁게 주고받는 대화가 부러웠다. 우리는 대기실에 있을 자리가 없어 항상 복도 구석이나 화장실 앞에서 눈에 띄지 않게 숨을 죽이고 있었다.

점원이 와서 주문 마감 시간이라고 알리자 가미야 씨는 "누님, 미안하지만 앞으로 딱 두 잔씩만, 괜찮을까요?"라고 말했다.

"괜찮죠. 관광 오셨어요?"라는 점원의 질문을 받고 가미야 씨가 등을 꼿꼿이 세우고 자못 자랑스러운 듯 "내가 이 동네 수호신이외다"라는 의미를 알 수 없는 대구를 하자 점원이 소리 내어 웃고는 가버렸다.

"너, 책 좀 읽냐?"

"별로 안 읽는데요."

가미야 씨는 눈을 부릅뜨고, 안 읽는다고 대답한 나의 티셔츠의 디자인을 지그시 바라보더니 이윽고 내 얼굴로 시선을 옮기고 깊숙이 고개를 주억거리며 말했다.

"읽어라."

불꽃놀이 대회가 끝난 것이리라, 가게 문을 열고 안을 들여다보는 사람들이 많았다. 하지만 그때마다 점원은 이제 그만 문 닫을 시간이라고 돌려보냈다.

"이런 날은 늦게까지 영업하면 돈 좀 벌 텐데."

가미야 씨가 그렇게 말했지만 가게 안쪽으로 사람들이 드나드는 걸 보니 아마도 이 지역 주민들이 뒤풀이 모임이라도 하는 모양이었다.

"내 전기를 써내려면 글이 서툴러서는 안 되니까 책을 많이 읽는 게 좋아."

가미야 씨는 정말로 나한테 전기를 쓰게 할 생각인지도 모른다.

책을 적극적으로 읽는 습관은 없었지만 나는 왠지 책이 마구 읽고 싶어졌다. 가미야 씨는 벌써 내게 지대한 영향력을 발휘하고 있었다. 이 사람에게 칭찬받고 싶다, 이 사람에게 미움은 받고 싶지 않다, 그렇게 생각하게 하는 뭔가가 있었다.

가미야 씨는 크로켓을 젓가락으로 집어먹으면서 흐뭇한 듯이 말했다.

"야, 내가 또 책을 엄청 좋아하잖냐."

초등학생 때, 독서 수업 시간에 같은 반 친구들이 《동물도감》이나 《맨발의 겐》*을 서로 차지하려고 다투는 가운데서 가미야 씨는 위인이라고 불리는 사람들의 전기를 탐독했다고 한다.

"그림은 표지하고 책 중간중간에 조금씩밖에 없었어. 그러고는 전부 다 글씨였어."

가미야 씨는 그림보다 글씨가 많은 책이었다는 것을

---

* 히로시마 피폭 체험을 바탕으로 나카자와 게이지가 그린 자서전적인 만화.

불꽃

특히 강조하고 싶은 모양이었다.

"니토베 이나조*가 어떤 사람인지 아냐?"

"5천 엔짜리 지폐에 실린 사람이지요?"

"맞아. 그이도 이래저래 사연이 많은 사람이야. 그런 게 위인전에 다 나와 있었어."

"그렇군요. 무슨 일을 한 사람인데요?"

"그건 잊어버렸는데, 아무튼 처음 읽었을 때 엄청 감동했던 게 기억나."

가미야 씨는 전기가 얼마나 재미있는지 열변을 토했다. 가미야 씨의 말에 따르면 위인이 이룩해 낸 성과는 글로만 봐도 엄청나다는 것을 알 수 있지만, 그 인물상과 됨됨이는 대부분 엉뚱한 바보 같기 때문에 자신의 전기가 나오면 분명 다들 크게 놀랄 거라고 어린 시절에 이미 생각했었다고 한다.

가미야 씨는 "너는 말주변이 좋은 편은 아니지만 조용히 관찰하는 눈빛을 가졌으니까 전기 집필자로서 소

---

* 메이지·쇼와 시대의 식민학자이다. 일본 동북 지방 모리오카에서 태어나 삿포로 농학교를 졸업하고 존스홉킨스대학 대학원에서 유학하였다. 귀국 후 삿포로농학교, 교토제국대학과 도쿄제국대학에서 식민학을 강의하였으며, 타이완총독부에서 제당업 관련 실무를 맡기도 하였다. 국제연맹 사무차장으로도 활동하였다.

질이 있어"라고 말해주었지만, 내 꿈은 코미디언으로 먹고사는 것이었다. 그런 뜻을 가미야 씨에게 전하자 "그거야 당연한 얘기지"라고 웃으며 무시해 버렸다. 나는 그 당연하다는 대목의 진의를 물었다.

"일단 코미디언인 이상, 재미있는 개그가 절대적인 사명이라는 건 당연한 얘기고, 일상의 다양한 행동까지 모조리 개그를 위해 존재하는 거야. 그러니까 너의 행동은 모두 이미 개그의 일부라는 얘기야. 개그는 재미있는 것을 상상해 내는 사람의 것이 아니라 거짓 없이 순정한 인간의 모습을 드러내는 것이지. 요컨대 영리한 걸로는 안 되고 진짜 바보, 그리고 자기가 제정신이라고 믿고 있는 바보에 의해서만 실현되는 것이 개그야."

가미야 씨는 눈으로 흘러내리는 앞머리를 이따금 손끝으로 툭 쳐냈다.

"요컨대 욕망에 대해 솔직하게, 온 힘을 다해 살지 않으면 안 돼. 코미디언이란 이러이러해야 한다고 말하는 놈은 영원히 코미디언은 되지 못해. 긴 세월을 들여 코미디언에 근접하는 작업을 하는 것뿐이지 진짜 코미디언은 못 된다는 얘기야. 동경만 하는 거지. 진짜 코미디언이라는 건, 극단적으로 말하면 채소를 팔더라도 코미디언이야."

가미야 씨는 한 마디씩 스스로 확인하듯이 말했다. 남 앞에서 처음 해보는 이야기인지 노상 해온 이야기인지는 말하는 속도와 표정으로 알 수 있었다.

"가미야 씨의 설명이야말로 코미디언이란 이러이러해야 한다고 말하는 게 아닌가요?"

나는 조금 전부터 의문스럽게 생각했던 것을 입에 올렸다. 이 사람에게라면 그런 질문을 해도 괜찮다고 생각했던 것이다.

하지만 "지금 그 질문이 혹시 말꼬리를 잡으려는 것이라면 스승으로서 좀 때려줘야겠는데?"라고 해서, 그런 게 아니라 정말로 알고 싶다는 뜻을 전했다. 가미야 씨는 팔짱을 끼고 한 차례 크게 고개를 끄덕였다.

"코미디언이란 이러이러해야 한다고 말하는 것과 코미디언에 대해서 말하는 것은 전혀 달라. 내가 방금 설명한 것은 코미디언에 대해서 말한 거야."

"예에."

"미리 준비를 잘해서 정각에 나와 발표하는 사람도

훌륭하지만, 자신이 코미디언이라는 걸 깨닫지 못한 채
이 세상에 태어나 질 좋은 채소를 얌전히 팔고 있는 사
람이 일단 진짜 바보야. 그래서 그걸 죄다 알고 있는 인
간이 혼자 무대에 올라가서, 내 상대역은 자기가 코미디
언이라는 것을 잊어버리고 이 세상에 태어난 바보라서
아직까지도 그걸 깨닫지 못한 채 채소를 팔고 있네요,
어이, 왜 채소를 팔고 있냐, 라고 하는 게 진짜 똑똑이 역
할이야."

가미야 씨는 말을 마치는 것과 동시에 소주를 단숨에
들이켜고 잔을 공중에 쳐들더니 10, 9, 8, 7, 6이라고 헤
아리기 시작했다. 가미야 씨가 1……을 길게 늘여 세는
사이에 점원이 소주를 가져와 가미야 씨와 내 앞에 한
잔씩 척척 내려놓았다. 내 눈앞에는 술잔 두 개가 나란
히 밀려 있어서 냉큼 잔을 들어 입에 대자 가미야 씨가
"서둘지 말고 찬찬히 마셔라잉?"이라고 미소를 지었다.
눈앞의 인간이 이 동네 수호신은 아니라고 해도 뭔가 요
괴류처럼 보였다.

"아, 근데 그건 이거다."

그렇게 말한 뒤, 가미야 씨는 잠시 입을 꾹 다물었다.

어느 틈에 우리 말고는 손님이 하나도 없었다. 그 대신 안쪽의 작은 방에 이 지역 사람들이 몰려와 있었다.

"그런 채소 장수 개그, 실제로 해봤자 아무도 웃지 않 겠지. 웃지는 않겠지만 그 정도의 진지한 마음가짐으로 어린애든 어른이든 신이든 다 웃겨야 한다는 얘기야. 왜 그 가부키 같은 것도 그렇잖냐."

전통 예능인 가부키나 노能의 기원은 신께 바치는 행 사라고 들은 적이 있다. 분명 어느 누구에게도 가닿지 않는 작은 목소리에, 들어줄 귀를 가진 사람조차 없을 때 우리는 누구를 향해 코미디를 하는 것인가. 현대의 예능은 과연 누구를 위해 펼쳐 보여야 한단 말인가.

"전기라는 건 본인이 죽고 난 다음에 출간하는 것이 지요?"

"너, 나보다 오래 살 거라고 생각하지 마라."

가미야 씨가 날카로운 눈빛으로 나를 흘겨보았다.

대체 어떤 텐션으로 이런 대사를 날리는 걸까.

"생전에 전편을 출간하고, 사후에 중편을 출간해야 지."

표정이 싹 바뀌어 이번에는 희희낙락한 기색으로 말

했다.

"후편은 왜 안 나오느냐고 다들 떠들 텐데요?"

"그렇지, 그 정도로 해두는 게 재미있는 거야."

가미야 씨는 계산서를 집어 들더니 자리에서 일어섰다.

돌아오는 길에는 "악력 센 고릴라들이 하는 악수 같았다야"라는 말을 들었다. 선배와 술을 마시는 첫 경험에 내가 잔뜩 긴장했던 것처럼 어쩌면 가미야 씨도 마찬가지였는지 모른다.

"잘 먹었습니다. 고맙습니다"라고 내가 말하자 가미야 씨는 "에이, 전혀, 전혀"라고 눈을 맞추지 못한 채 겸연쩍어하더니 "아, 난 이쪽이라서. 그럼 또 보자"라는 말을 남기고 어디론가 달려갔다.

"오늘 목격한 것이 아직 생생하게 살아 있는 동안에 너의 언어로 글을 써라."

가미야 씨의 말을 떠올리자 가슴 근처에 따스한 뭉클함이 가득 차오르는 느낌이었다. 글을 쓴다는 것에 즐거운 기대감을 품었기 때문이었을까. 열정을 쏟을 대상을 발견한 것이 기뻤던 것일까. 숙소로 돌아가는 길에 편의점에 들러 평소보다 조금 비싼 볼펜과 노트를 구입했다.

시원한 바람이 불어오는 바닷가 길을 걸으며 어디서부터 쓸까, 나도 모르게 궁리하고 있었다. 불꽃놀이 관광객들은 모두 숙소로 들어갔는지 인적은 드물고 파도 소리만 고요히 들려왔다. 귀를 기울이자 불꽃같은 이명이 울려서 다음 전봇대까지 잠깐 폴짝폴짝 뛰어갔다.

가미야 씨는 오사카의 큰 기획사 소속이었기 때문에 도쿄에서 활동하고 있는 나는 웬만해서는 만날 기회가 없었다. 그래도 가미야 씨는 자주 연락을 해주었다. 어느 누구와도 말을 나누지 않은 하루의 끝, 휴대전화가 부르르 울리고 액정 화면에 '가미야 사이조'라는 문자가 떠 있으면 묘하게 마음이 설렜다. 가미야 씨는 항상 처음에는 성대가 나간 듯 괴상한 목소리로 "어디냐?"라고 소재지를 확인했다. 내가 도쿄에 있다는 뜻을 전하면 아쉽다는 얘기를 한바탕 한 뒤에 자신의 근황을 조금씩 들려주었다. 가미야 씨의 목소리에 신이 오르고 한껏 템포가 빨라진 참에 느닷없이 전화가 끊겼다. 그러고는 몇 분 뒤에 「충전이 떨어졌다. 또 보자」라는 메시지가 날아오는 일련의 흐름이 예삿일이 되었다.

막힘없이 술술 흘러나오는 가미야 씨의 이야기를 듣고 있으면 내가 말을 빨리빨리 하지 못하는 것에 화가 날 때가 있었다. 머릿속에서는 엄청난 양의 이미지가 소용돌이치는데 그걸 꺼내놓으려고 하면 말이 액체처럼 주르륵 주저앉아 붙잡을 수가 없었다. 여럿이 하는 대화일 때는 더욱더 증상이 두드러졌다. 사람 수가 불어나면 단어 수도 불어난다. 한 마디가 귀에 들어오면 거기에서 파생한 별개의 흐름이 생겨나고 머릿속에서 수많은 이미지가 어지럽게 뒤섞여 어디서부터 손을 대야 할지 알 수 없게 된다. 가미야 씨는 그런 나를 재미있어했다.

"그야 빠른 템포로 얘기하는 게 정보를 많이 전달할 수 있지. 되도록 타석에 많이 서는 게 당연히 유리하잖아. 그러니까 아닌 게 아니라 말이 빠른 게 좋다는 건 틀림없어. 근데 너는 그게 안 되잖냐. 그러니 더더욱 남들과는 다른 표현이 가능한 거야. 이거, 잘 기억해 둬. 원래 우리 집이 그럭저럭 괜찮게 살았어. 그래서 어렸을 때 게임기니 장난감이니 남부럽지 않게 사줘서 그걸로 실컷 놀았어. 그런데 중년 아저씨 아줌마들이 어렸을 때는 장난감 같은 것도 없었다고 자주 얘기하잖냐. 그거 들을 때마다 나는 가슴이 두근두근 뛰더라. 이런 말을 하면 안 되겠지만, 진짜로 부럽더라고. 아니, 장난감이 없으면 내 손으로 직접 만들어보고 이래저래 연구도 해볼 수 있잖아. 그거, 엄청 재미있지 않냐? 내 손으로 직접 만들지 않으면 안 될 상황이 강제적으로 형성되는 거야. 너는 특히 잘 알겠지? 너희 집, 엄청 가난했을 거 같으니까."

가미야 씨는 태연히 그런 실례되는 발언을 했지만 거기에서 악의는 느껴지지 않았다.

실제로 우리 집은 그리 넉넉하지 않았다. 장난감 같은 건 전혀 없었다. 하루 종일 종이에 그림을 그리며 보내는 날도 있었다. 아버지의 장기판을 펴놓고 독자적인 장기짝 놓는 법을 궁리하다가 모든 장기짝을 사용해 어느 누구의 공격을 받더라도 무너지지 않을 포진으로 궁을 지키면서 아무도 공격해 오지 않는 것을 깨달을 때까지 내내 기다린 적도 있었다. 가미야 씨는 내가 그런 이

불꽃

야기를 하면 지독히 부러워했다. 누나가 종이 피아노로
〈고양이 춤〉을 연습했던 이야기는 수없이 되풀이해서
들려주어야 했다.

누나는 집에 피아노나 일렉톤*이 있는 친구에게 뒤
처지지 않으려고 필사적이었다. 하지만 어느 날, "열심
히 연습한 누나, 보러 가자"라고 유치원까지 나를 데리
러 온 어머니를 따라 누나가 다니는 야마하 교실에 참관
하러 갔더니, 다른 학생들은 모두 연주를 하는데 누나
만 일렉톤 앞의 의자에 앉은 상태에서 뭔가 들썽들썽하
며 자꾸 주위를 살피고 일렉톤 뒤편을 손으로 만지작거
리고 있었다. 왜 치지 않는 건가. 어머니도 불안한 듯 누
나를 바라보고 있었다. 드디어 이상함을 알아챈 선생님
이 누나 옆으로 다가가자 누나는 "소리가 안 나와요"라
고 말했다. 그러자 선생님이 당연한 듯 일렉톤의 전원을
켜주었고 마침내 누나도 중간부터 연주에 가담했다. 누
나는 긴장으로 몸이 굳어버려서 양쪽 어깨가 이상하게
올라가 보기 흉했다. 평소에는 착하고 믿음직하기만 했

* 야마하 악기 회사에서 개발한 전자 오르간.

던 누나의 그런 모습을 보고 있으려니 나는 왠지 가슴이 먹먹해지고 눈에서 눈물이 흘렀다. "왜 네가 울어? 누나 열심히 하고 있잖아"라고 말하는 어머니의 눈도 붉어졌다. 그날 밤, 집에 돌아온 뒤에도 누나는 말없이 종이 피아노를 열심히 치고 있었다. 나는 누나의 옆에 앉아 온 힘을 다해 누나가 연주하는 곡을 노래했다. 술 취한 아버지가 "시끄럽다"라고 고함을 쳐도 우리는 멈추지 않았다. 며칠 뒤, 좁은 임대주택에 작기는 해도 번듯한 피아노가 도착했다. 아버지는 어머니에게 거친 욕을 하며 나무랐다. 어머니가 누나를 위해 독단으로 사들인 것이다. 그 이야기를 하면 가미야 씨는 코를 훌쩍거리면서 "야, 진짜 좋겠다야. 그런 네가 아니면 만들어낼 수 없는 웃음이 틀림없이 있다니까"라고 다정한 목소리로 말하는 것이었다.

가미야 씨도 나도 일거리의 내용 면에서 별다른 변화가 없는 채 아타미 불꽃놀이 대회 때로부터 1년이 지났다. 텔레비전에서는 동 세대 개그맨들 일부가 활약을 펼치기 시작했다. 그들은 정말 화려하고 능수능란해 보였다. 나는 자신의 불우를 시대 탓으로 돌릴 수 있을 만큼 둔감하지 않았다. 나와 그들 사이에는 분명한 능력 차이가 있었다. 우리의 주된 싸움터는 여전히 작은 극장 무대였고, 그곳에 출연하기 위해서는 한 달에 한 번 '작품 심사'라고 하는 오디션을 볼 필요가 있었다.

밤중에 수많은 젊은 개그맨들이 모여든다. 좁은 대기

실에 촘촘히 들어찬, 꾀죄죄한 옷을 걸친 그들은 하나같이 배를 곯고 눈빛만 둔탁하게 번뜩였다. 그 광경은 화려함과는 무연한 어중이떠중이들이 진흙탕에 머리까지 푹 빠져 있는 기괴한 그림 같았다. 한 팀씩 라이브 공연을 담당하는 구성작가 앞으로 불려 나가 콤비 개그나 촌극 콩트를 펼쳐 보인다. 장시간에 걸쳐 심사해야 하는 쪽은 더욱더 지쳐 있어서 보기에도 딱했지만, 그들이 작품의 좋고 나쁨을 정확히 판단해 내는가에 대해서는 불안감도 적잖이 있었다. 육체는 털썩 쓰러지면 그게 한계라는 것을 알지만 심사하는 구성작가의 사고가 정상적으로 기능을 하는지 아닌지는 옆에서 지켜봤자 알 수 없다. 그래도 불평을 늘어놓는 사람은 하나도 없었다. 자신들이 남 앞에서 뭔가를 표현할 권리를 얻기 위한 오디션이기 때문에 그곳에서 자신의 가치를 아직 증명하지 못한 동안에는 자기 견해를 주장할 수 없다는 분위기가 전체적으로 길게 가로놓여 있었다. 그것은 착각에 지나지 않고 사고의 강제가 없었는데도 불구하고. 우리는 표현의 장을 얻기 위해, 발언의 권리를 얻기 위해, 혹은 빈곤에서 벗어나기 위해, 각자의 방식으

불꽃

로 치열하게 투쟁하고 있었다.

　스파크스는 작품 심사를 거쳐 극장 무대에 서는 일이 점점 많아지면서 다른 소속사의 라이브 공연에도 불려 가고 코미디언 잡지의 신인 소개 코너에 조그맣게 기사 가 실리기도 했다. 극장을 찾아주는 사람들도 조금씩이 나마 스파크스의 이름을 기억해 주었다.

　그 무렵, 가미야 씨에게서 거점을 도쿄로 옮기기로 했다는 연락이 날아왔다. 오사카에서의 활동에 한계를 느낀 모양이었다. 데뷔 6년차를 맞이한 가미야 씨의 동 기들은 빈도의 차이는 있지만 적지 않은 수가 텔레비전 에 출연할 기회를 얻고 있었다. 그 밖의 사람들은 개그 맨을 그만두었다고 했다. 가미야 씨는 극장에 후배만 득 시글해서 자꾸 자신에게 신경을 써주는 게 싫어졌다고 말했다. 개그맨 세계에서는 일단 오사카에서 이름을 알 린 다음에 도쿄로 나오는 게 가장 이상적이기는 했지만, 극장 시스템에서 떨려난 사람들이 새로운 환경을 찾아 도쿄로 나오는 일도 드물지 않았다. 도쿄도 젊은 개그맨 에게는 똑같이 가혹한 상황이지만 그래도 새로운 영역 에서 두각을 나타낸 콤비도 적지 않았다. 단 어디서든 좋은 결과를 만들어내는 일부 선택된 인간이 존재한다는 것도 사실이었다.

어떤 연예기획사에서나 연륜이 쌓여 손때 묻은 개그맨보다 말 잘 듣는 신인 쪽을 선호하는 것 같았다. 가미야 씨의 예능 감각은 사제 관계인 내가 보기에도, 편들어 주는 것 일절 없이, 거의 불안하게 느껴질 만큼 뛰어났다. 그 반면, 인간관계가 서툰 점도 눈에 띄었다. 그것은 '천치들'의 멤버 두 명에게 모두 해당되는 말이었다. 천치들은 일반인에게는 거의 무명이지만 개그맨들 사이에서는 악명이 높았고 도쿄의 무대 뒤 대기실에서도 태도가 불손하다는 말들이 간간이 화제에 올랐다. 가미야 씨의 파트너인 오바야시 씨는 옆 동네에 살던 내가 이름을 알 정도로 그 지역에서 유명한 불량 학생이었다. 하지만 싸움에 강한 많은 남자들이 그렇듯이 오바야시 씨는 정이 많은 사람이기도 했다. 단지 음험한 악의에 대항할 방도가 폭력밖에 없는 사람이라서 오해를 사는 건 어쩔 수 없었다.

한편 가미야 씨도 주위 사람들과 능숙하게 관계를 구축하는 게 서툰 것 같았다. 입소문으로 듣게 되는 가미

야 씨와 내가 알고 있는 가미야 씨, 그 둘 사이에는 큰
격차가 있었지만 아타미에서의 일을 생각해 보면 그런
소문도 전혀 짐작이 안 되는 건 아니었다. 사회규범에
따라 논하기로 하자면 두 사람 다 한없이 천치들이었다.
가미야 씨가 도쿄로 온다는 소식을 듣고 내 가슴속을 채
운 감정이 희망적인 것인지 아니면 불안이 몰려든 것인
지, 나 스스로도 확실치 않았다.

모습이 보이지 않는 금목서를 찾아 근처 나카도리 상점가를 걷고 있었다. 간밤에 분명 이 근처에서 금목서 꽃향기를 맡았던 터라서 아침에 일어나면 찾아보자고 내심 기대하고 있었다. 항상 핑크 살롱* 앞에 서 있던 호객꾼 청년이 자전거로 내 옆을 지나갔다. 이렇게까지 역바로 앞은 아닐 것이다. 다시 한번 집까지 되짚어가며 찾아봐야겠다고 돌아서는 참에 가미야 씨에게서 메시지가 들어왔다.

* 여성 점원이 안마 및 성적 서비스를 하는 접객업소.

불꽃

「기치조지에서 산다. 어디냐? 엄청난 수의 복숭아」

나도 곧장 답신을 보냈다.

「고엔지입니다. 지금 기치조지로 가겠습니다. 울부짖는 금목서」

역까지 걸음을 서둘러서 플랫폼으로 이어진 계단을 두두두 뛰어 소부선 차량에 올라타자 드디어 마음이 침착해졌다. 차창 너머 색색으로 물들기 시작한 거리 풍경을 내려다보며 기치조지까지 차에 흔들리며 달려갔다.

토요일의 기치조지역 북쪽 출구는 학생이며 가족 동반객으로 지독히 혼잡했다. 저마다 목적을 갖고 경쾌하게 흘러가는 사람들 속에서 주변의 중력을 홀로 짊어진 듯 묵직한 공기를 온몸에 휘감은 한 남자가 진지한 얼굴로 우뚝 서 있었다. 일상의 풍경 속에서 목격하는 가미야 씨는 그야말로 위화감 덩어리였다.

나를 알아보자 가미야 씨는 반가운 듯 웃었다.

"앞에서 괴상한 요괴가 걸어온다 했더니만 도쿠나가 너로구나."

"그건 내가 할 말이죠. 지금 당장 오사카로 돌아가십쇼. 빨리 빨리 빨리 돌아가시라고요."

가미야 씨와 함께 기치조지 거리를 걷는 것은 신기한 감각이었다. 가미야 씨는, 가을은 왜 우울한 기척을 잉태하고 있는가라는 것에 대해 자신의 견해를 열정적으로 풀어놓았다. 옛날에는 인간이나 동물이나 겨울을 넘긴다는 게 똑같이 목숨을 건 일이었다. 수많은 생물이 겨울 동안에 죽어났다. 그 영향의 흔적으로 겨울 초입에 대한 공포감이 있다는 얘기였다. 그 설명은 이치에 맞는지도 모르지만 1년 내내 만성적인 우울 상태에 빠져 있던 나는 얘기의 도입부부터 제대로 따라갈 수 없었다.

"대단한 견해십니다라든가, 왜 칭찬하는 소리가 없나?"

가미야 씨의 목소리를 듣고 나는 퍼뜩 정신을 차렸다.

"죄송합니다."

"사과할 거 없어. 오사카에서 고속버스가 출발할 때부터 너한테 이 얘기를 해서 존경의 눈빛을 한가득 받아보자고 잔뜩 기대했었는데."

넉살 좋게 자신의 욕망을 그대로 드러내는 것은 가미야 씨의 장점이라고 생각한다.

"아니, 그게 나는 1년 내내 우울한 상태라서……. 조

상님이 만성적으로 위기 상황에 빠져 있었던 걸까요?"

"그런가. 아, 어쩌면 전혀 위험이 없는 환경이라서 자기들끼리 별종의 긴장 상태를 만들어냈는지도 모르겠네."

가미야 씨는 빠른 말투로 주워섬겼다.

"그렇다면 상당히 뛰어난 바보겠지요?"

"흠, 글쎄."

적당히 걸어간다고 갔는데 어느새 이노카시라 공원으로 향하는 사람들 뒤에 서 있었다. 공원으로 통하는 계단을 내려서자 단풍 든 초목 사이를 뚫고 나온 바람이 뺨을 쓰다듬고 뒤쪽으로 날아갔다. 공원은 역 앞보다 시간이 느슨하게 흘러가고 별다른 목적이 없는 다양한 종류의 인간들이 있어서 가미야 씨도 그럭저럭 잘 어울렸다. 나는 이 공원의 저녁 풍경에 흠뻑 빠져 있었던 터라서 가미야 씨를 이곳에 데려온 것이 내심 흐뭇했다.

한 젊은 남자가 연못가에 자리를 잡고 큰북처럼 길고 가느다란 악기를 두드리고 있었다. 매우 평범한 모습에 무표정한 얼굴이어서 나도 분명 궁금하기는 했다. 하지만 가미야 씨는 주위를 아랑곳하지 않고 그 남자 앞에 노골적으로 멈춰 서서 고개를 갸웃거리며 신기한 듯 그 얼굴과 악기를 번갈아 쳐다보고 있었다. 왜 수많은 악기 중에서 이 남자는 이걸 골랐을까. 하지만 가미야 씨 역시 좀 더 복잡한 형상의, 어떤 소리가 나올지 상상도 안 되는 악기를 선택할 것 같은 인종이라는 건 틀림없었다. 북 치는 남자는 주목받는 것이 불쾌했는지 미간에 주름을 잡고 짜증난다는 기색으로 연주를 멈춰버렸다.

"어이, 좀 제대로 쳐봐!"

돌연 가미야 씨가 소리쳤다. 나는 너무도 놀란 나머지 꼼짝도 하지 못했다. 가미야 씨는 두 눈을 부릅뜨고 남자를 노려보았다. 남자는 일순 멈칫하더니, 큰소리로 꾸지람을 들은 것을 부끄러워하듯 자신이 쓴 빨간 모자의 차양을 잡고 고개를 숙였다. 그 몸짓은 자신이 꾸지람을 들은 것이 아니라고 믿고 싶은 듯 보였다.

"이봐, 당신한테 말한 거야!"

가미야 씨는 남자를 놓아주지 않았다. 역시 이 사람은 제정신이 아닌지도 모른다. 뜯어말려야 할까. 하지만 어째서 가미야 씨가 그렇게 감정을 고스란히 드러내는지, 나는 그 이유를 알고 싶었다.

"당신이 하는 일은 표현이잖아. 집에서, 아무도 안 보는 데서 하는 거라면 그걸로도 괜찮아. 하지만 밖에 나오기로 마음먹었잖아? 나는 이런 악기는 처음 봤어. 엄청 폼 난다고 생각했다고. 그래서 어떤 소리가 나는지 듣고 싶어. 근데 왜 괜히 혼자 삐쳐서 북치는 걸 그만둬? 제대로 좀 들려달란 말이야!"

남자는 가미야 씨를 올려다보며 몹시 성가시다는 기색으로 대꾸했다.

"아뇨, 그런 거 아닌데요."

"그런 거라니, 그런 거라는 게 뭔데? 어라, 이건 내가 이상한 놈인 거냐?"

가미야 씨는 불안한 듯한 눈빛으로 나를 돌아보았다.

나는 "네에, 완전히 이상한 놈이지요"라고 가미야 씨에게 알려드렸으나 가미야 씨는 내가 왜 웃고 있는지 모르는 모양이었다.

나는 남자에게 사과한 뒤에 금방 비켜줄 테니 악기 소리를 잠시만 들려줬으면 좋겠다고 부탁했다. 남자는 큰북 같은 악기를 떨떠름하게 두드리기 시작했다. 가미야 씨는 눈을 감고 팔짱을 낀 채 오른발로 리듬을 타고 있었다. 남자도 가미야 씨의 모습을 보고 안심했는지 템포를 빠르게 하기 시작했다. 해 질 녘의 공원을 걸어가던 사람들이 진기한 듯 우리를 바라보았다. 남자가 악기를 세게 두드렸다. 점점 템포가 빨라지더니 이윽고 연타에 들어갔다. 그러자 가미야 씨는 오른발로 리듬을 새기면서 그대로 오른손을 내밀어 공기를 누르듯 두어 번 손바닥을 움직였다. 그것을 본 남자가 조금씩 템포를 늦췄고 적당한 지점에서 가미야 씨는 오른손을 거둬들였다. 남자는 템포를 그대로 유지하고 다시 연주에 몰두했다. 어느새, 우리 주위에는 젊은 여자들이 모여들었다. 더욱더 흥이 오른 남자가 지금까지 없었던 참신한 방식으로 악기를 두드리기 시작하자 가미야 씨는 오른발로 리듬을 새기면서 그대로 다시 오른손을 내밀어 그것을 제지했다. 남자는 참신한 방식을 멈추고 원래대로 돌아갔다. 가미야 씨는 거의 지휘자였다. 남자의 이마에서 땀이 떨어지고 다시금 발을 멈추는 사람들이 불어났다. 나도 무의식중에 소리에 맞춰 고개를 흔들었다. 소리와 소리의 여운이 연쇄하면서 선율이 되었다. 그리고 가미야 씨도 그 일부였다. 남자는 빨간 모자 밖으로 삐져나온 긴 머

불꽃

리칼을 내두르며 치열하게 악기를 두드렸다.

그때 느닷없이 가미야 씨가 "북 치는 북 치는 젊은이! 북 치는 북 치는 젊은이! 빨간 모자의 젊은이! 용이여, 눈떠라, 북소리에!"라는 유치한 가사를 붙여 큰 소리로 노래하기 시작했다. 내가 만류했지만 가미야 씨는 한참이나 노래를 멈추지 않았다.

주위가 보랏빛으로 저물어가면서 빗방울이 내 어깨를 적시고 점차 셔츠를 적셨다. 그것을 신호로 사람들은 하나둘 흩어졌지만 남자는 그래도 계속 악기를 두드렸다. 혼돈의 양상을 드러내는 자리를, 주모자인 가미야 씨와 함께 뒤로했다. 〈무사시노 커피점〉이라는 간판이 눈에 들어왔을 때, 빗방울이 세차게 길바닥을 때리고 있어서 우리는 망설임 없이 계단을 올라 커피점 문을 열었다.

어슴푸레한 커피점 안에 군데군데 놓인 조명이 따스한 불빛으로 하얀 벽을 비췄다. 조용히 클래식이 흐르고 있어서 조금 전까지의 소란스러움은 꿈처럼 느껴졌다. 창가 자리에 앉아 밖을 내다보니 종종걸음으로 역 쪽을 향해 달려가는 사람들이 보였다. 나는 브랜드 커피를 주문하고 가미야 씨는 치즈케이크를 주문했다. 하지만 커피전문점에서는 한 사람당 한 잔씩 커피를 주문해야 한다고 했다. 가미야 씨는 "이런 고집스러움은 좋은 거야. 나도 콤비 개그를 하러 나갔는데 웃기는 노래만 하라고 하면 싫더라"라면서 의외로 투덜거리지 않고 가장 비싼 블루마운틴을 주문해 주었다. 공원에서는 흥분 상태였지만 커피를 마시면서 조금 전 상황을 떠올리자 자꾸 웃음이 터지는 게 무척 유쾌했다.

가미야 씨는 줄줄이 쏟아지는 비를 배경으로 "아름다운 세계를, 깨끗한 세계를 어떻게 깨뜨리느냐가 가장 중요해"라고 말했다.

그렇게 하면 저절로 현실을 초월한, 압도적으로 아름다운 세계가 나타난다고 망설임 없는 말투로 이야기했다. 저 신기한 악기를 진심으로 두드리지 않는 세계는 아름답지 않다. 그자가 어떤 경위로 그 악기를 손에 들었는지는 모르겠다. 하지만 그자는 이 세상을 위해 자신의 인생을 걸고 악기를 두드려야 한다. 그 아름다운 세계를 깨뜨리는 것 또한 진심의 칼날이 아니어서는 안 된다……

"북 치는 북 치는 젊은이, 빨간 모자의 젊은이……."

컬컬한 목소리로 가미야 씨가 중얼거렸다.

갑작스레 한참이나 소리를 질러서 목이 쉰 것이리라.

'용이여, 눈떠라! 북소리에!'라는 부분이 눈에 띄게 바보스럽고 운율도 맞지 않는다는 것을 내가 지적하자 가미야 씨가 입을 열었다.

"용이라는 건 본디 몸이 오그라들 만큼 지나치게 멋있잖냐. 지나치다, 라는 게 좋은 거야. 지나치게 큰 것도 재미있지. 뭐든 과도한 게 좋아. 너무 지나치게 하다가 어른들한테 혼이 날 정도가 아니면 안 돼."

그러고는 만족스러운 듯 커피를 홀짝거렸다.

"어른들한테 혼이 날 정도가 아니면 안 돼, 라는 표현도 지나치게 평범한 불량스러움인 거 같은데요?"

가미야 씨 앞에서라면 왜 그런지 내 생각을 솔직히 말해버릴 수 있었다. 가미야 씨는 잠시 생각에 잠기는 표정이었다.

가미야 씨가 설탕도 프림도 넣지 않는지라 나도 무심코 익숙하지 않은 커피를 쓰디쓴 그대로 마셨다. 마스터가 커피 잔을 씻는 소리가 실내에 울렸다.

"솔직히 그건 어려운 문제야. 진부한데도 기막힌 순도純度를 유지하는 것도 있잖냐."

"무슨 말씀이십니까?"

"어른들한테 혼이 날 정도가 아니면 안 된다,라는 건 분명 어디선가 들은 적이 있는 흔한 말이야. 근데 이미 들은 적이 있으니까, 내가 아는 것이니까,라는 이유만으로 그런 생각을 평범한 것으로 부정해 버린다는 건 글쎄, 좀 그렇잖냐? 이건 내 말을 부정한 게 기분 나빠서 하는 얘기가 아니라 어디까지나 내가 그런 잣대로 살아가도 되느냐 마느냐라는 차원의 얘기야."

내가 알고 있는 한, 가미야 씨가 만들어내는 개그는 모두가 잘 알고 있는 언어를 사용해 상상도 못할 파괴를 실천하는 것이었기 때문에 이 얘기는 가미야 씨의 근간을 보여주는 것인지도 모른다.

"평범하냐 아니냐는 것만으로 판단하게 되면 비범함을 어필하는 대회로 떨어지잖냐. 그렇다고 반대로 새로운 것을 애초부터 부정해 버리면 기술을 어필하는 대회로 떨어지지. 그리고 양쪽이 잘 섞인 것만 좋다고 해버리면 균형 어필 대회로 떨어질 거고."

불꽃

"분명 맞는 말씀입니다."

나는 솔직히 동의했다.

"단 한 가지 기준만으로 뭔가를 판단하려고 하면 눈이 어두워져. 이를테면 공감지상주의의 노예라는 거, 진짜 몸이 오글거리잖냐. 공감이란 건 분명 기분 좋은 것이지만 공감 부분만 유독 두드러지는 것들 중에서 뛰어나게 재미있는 건 별로 없어. 공감은 바보라도 다 알아먹을 만한 것이니까 의존하기 쉬운 강렬한 감각이기는 하지만, 창작에 종사하는 자라면 그건 어딘가에서 졸업하지 않으면 안 되지. 자칫하면 다른 건 일절 보이지 않게 되니까. 이건 나 스스로에 대한 교훈이기도 해."

가미야 씨는 한 마디 한 마디를 꼭꼭 씹듯이 말했다.

"뭔가를 비평한다는 거, 어려운 일이네요."

"논리적으로 비평한다는 건 어렵지. 새로운 방법론이 출현하면 그것을 실행에 옮기려는 사람들이 많아지게 돼. 그걸 발전시키거나 혹은 개량해 보려는 사람들도 생기겠지. 그 한편에서 그걸 유행이라고 단정 지으려는 자들이 나타나는 거야. 그런 자들은 대부분 늙었어. 그러니 묘하게 설득력이 있어. 그렇게 되면 그 방법을 쓰는 것은 사도邪道로 간주되는 거야. 그러면 이번에는 표현상 그것이 필요한 경우가 있더라도 그 방법을 쓰지 않는다는 선택을 하게 돼. 어쩌면 그 방법을 피하는 것으로 새로운 표현이 탄생할 가능성도 있을지 모르지. 하지만 새로운 발상이라는 건 자극적인 쾌감을 가져다주기는 해도 어차피 발전 도상이야. 그렇기 때문에 재미가 있는 것인데 그걸 좀 더 성숙시키지 않고 내버리다니, 엄청 아깝잖냐. 새롭게 탄생하는 발상의 쾌감만 추구한다는 거, 그건 커나가기 시작한 나뭇가지를 중동에서 댕강 분지르는 행위나 마찬가지야. 그러니까 성가신 노인네 비평가가 많은 분야는 거의가 쇠퇴해 버리는 거야. 확립할 때까지 좀 기다려주면 좋을 텐데 말이야. 표현 방법의 하나로서 큰 나무의 굵직한 가지가 될 때까지 기다려줘야지. 그러면 좀 더 다양한 것들이 재미있어질 텐데. 뭐, 잔가지를 잘라내고 기둥에만 영양이 가게 하자는 생각이겠지. 그런 측면도 있기야 있겠지만 그건 멀리서는 보이지도 않고 열매도 안 열려. 그래서 내가 이것만은 단언할 수 있는데, 비평을 하기 시작했다가는 코미디언으로서의 능력은 틀림없이 떨어져."

불꽃

가미야 씨의 발언이야말로 세상에 대한 비평인 거 아닌가,라는 말은 꿀꺽 삼켰다. 가미야 씨의 말에는 정의가 있었지만, 그것은 예외적인 인간이나 사례를 억압하지 않고 구제하려는 것뿐인 얘기였다. 한 분야를 지키기 위해 잘 모르는 신흥 유파를 배척하려는 움직임이 있는 것 역시 정당한 방호라고 생각했다. 단지 모든 것이 잘 풀렸을 경우, 어느 쪽이 더 재미있는가를 생각하면 압도적으로 가미야 씨의 견해 쪽이다. 도박이기는 하지만.

　"그래도 나는 모든 것이 비평에서 달아날 수는 없다고 생각합니다."

　가미야 씨는 오른손으로 커피 잔을 든 채 두 눈을 크게 뜨고 움직임을 멈췄다. 어슴푸레한 커피점 안에는 변함없이 조용한 음악이 흐르고, 똑같은 프레이즈를 몇 번이나 되풀이하는 그 곡이 귀에 익었다. 제목이 무엇이었더라.

　"그건 그렇지. 그러니까 유일한 방법은 철저히 바보가 되어서, 감각에 솔직하게 재미있느냐 아니냐는 것만으로 판단하면 돼. 다른 사람의 의견에 좌우될 거 없이. 만일 내가 남이 만든 것에 대해 험담만 늘어놓는다면 나를 죽

여줘. 나는 언제까지고 코미디언이고 싶으니까. 야, 그나
저나 이 커피, 맛있다."

가미야 씨는 커피 표면을 지그시 바라보면서 말했다.

"맛있네요. 하지만 스승님의 감각에 제가 딱 붙어가
도 괜찮겠지요?"

"지금은 딱 붙어도 돼. ……딱 붙는다고?"라고 중얼거
리고 가미야 씨는 잠시 수줍어했다. 가미야 씨는 평소 사
용하지 않던 말을 나한테 낚여 무의식중에 써버리는 것
을 부끄럽게 여겼다. 그 감각도 신용할 만했다. 가미야
씨의 말과는 모순되는지도 모르지만, 유행하는 단어를
쉽게 쑥쑥 써버리는 노련한 인간들을 나는 두려워했다.

"저기, 내가 아까부터 커피 잔을 받침접시에 내려놓
을 때, 일절 소리 나지 않게 했다는 거, 알았냐?"

가미야 씨가 말했다.

"알았죠."

"그러면 말을 했어야지. 시작은 했는데 네가 아무 말
을 안 하니까 그만둘 타이밍을 놓쳤잖아!"

가미야 씨가 목쉰 소리를 내질렀다.

커피점을 나올 때, 마스터가 "이거밖에 없지만, 돌려

주지 않아도 괜찮으니까 가져가요"라면서 비닐우산 하나를 내주었다. 가미야 씨는 하나밖에 없는 우산을 내준 마스터의 선량함에 감동하고 있었다. 계단을 내려와 길거리로 나서자 우산을 굳이 받을 것도 없는 가랑비가 되어 있었다. 하지만 가미야 씨는 망설임 없이 우산을 펼치고 걸음을 옮겼다. 나도 가방에서 내 접이식 우산을 꺼내 펼쳤다. 곧바로 비는 걷혀버렸다. 구름이 무척 빠르게 흘러가 그 깊은 안쪽의 까만 하늘이 내다보였다. 비에 젖은 길바닥은 거리의 불빛과 자동차 헤드라이트를 반사하며 번들거렸다.

"82번입니다!"라고 가미야 씨가 갑자기 수수께끼 같은 숫자를 외쳤다. 나 말고도 돌발적으로 의미 불명의 말을 내뱉는 사람이 존재한다는 게 반가웠다.

"북 치는 북 치는 젊은이! 빨간 모자의 젊은이! 용이여, 눈떠라, 북소리에!"

어느 쪽이 먼저 노래하기 시작했는지, 우리는 가미야 씨가 만들어낸 변변치도 않은 노래를 부르고 있었다.

비가 걷히고 구름이 터진 틈새로 달이 보이는데도 거리는 여전히 비의 냄새가 남아 있는 채, 저물녘과는 또 다른, 묘하게 상냥한 표정을 짓고 그곳에 어울리는 얼굴의 사람들이 오고가며 서로 뒤섞였다. 우산을 쓴 사람은 가미야 씨와 나뿐이었다. 그런 우리를 아무도 이상하다는 시선으로 쳐다보지 않았다. 가미야 씨는 계속 우산을 쓰고 있는 이유를 굳이 설명하려 하지 않았다.

단지 하늘을 올려다보며 "왜 하필 이 타이밍에 비가 그쳐버리냐. 별로다, 그치?"라고 몇 번인가 내게 동의를 청했다. 커피점 마스터의 선의를 저버리고 싶지 않은 마음은 이해가 된다. 하지만 그런 마음을 비가 내리지도 않는데 우산을 쓴다는 행위에 의탁하는 게 최선이라고 믿어 의심치 않는 천진함을 나는 동경과 질투, 그리고 아주 조금의 모멸감이 뒤섞인 감정으로 경외하고 또한 사랑하여 마지않았다.

연말의 길거리를 돌아다니는 사람들은 하나같이 거무스레한 정장을 입었고 어쩐지 발걸음도 다급해 보였다. 기치조지역 북쪽 출구 광장에는 크리스마스와 정월 겸용의 대규모 전구 장식이 설치되어 거리를 산뜻하게 밝혔지만, 기하학 무늬에 면역이 되지 않았는지 가미야 씨는 "이거 아직 설치 중이지? 최종적으로 어떻게 나올지 기대가 되네"라고 중얼거렸다. 분명 이게 완성품일 거라고 생각하긴 했지만 그런 말을 해도 될지 말지 망설여졌다. 기치조지가 사람들로 북적이는 것은 항상 똑같지만 기온이 고막에도 변화를 몰고 오는지 거리의 소음조차 어딘가 라디오 스피커에서 들려오는 것처럼 먹먹하게 울렸다.

우리는 기치조지를 정점관측定點觀測*이라도 하듯이 거의 매일 출몰하며 정처 없이 쏘다녔다. 그러다가 지치면 하모니카요코초의 이자카야 〈미후네美舟〉에서 '니쿠메**'라는 요리를 딱 한 접시만 주문해 놓고 그것을 안주 삼아 술을 마시고 2차로는 적당히 문이 열려 있는 저렴해 보이는 가게로 찾아갔다. 집에 돌아갈 즈음에는 늘 막차가 끊겼다. 가미야 씨는 그때마다 "바로 요 근처인데 우리 집에 갈래?"라고 청했지만, 가미야 씨를 만나기 전에는 억병으로 취할 때까지 술을 마시는 습관이 없었기 때문에 선배 앞에서 취한 꼴을 보이는 것도 좋지 않겠다 싶어서 잔돈이 있을 때는 만화카페에서 자고 한 푼도 없을 때는 이노카시라 공원 벤치에서 첫 차가 나오기를 기다렸다.

그날도 고주망태가 된 나에게 가미야 씨는 자기 집에 가자고 했다. "구토감이 항구에서 가장 난폭한 사내가

---

* 일정한 장소에 선박을 머물게 하여 기상과 해양 따위를 관측 작업을 하는 일.
** 돼지고기와 마늘종을 한데 볶은 요리.

불꽃

모는 배에 탔을 때의 다섯 배"라고 사양했더니 "비유가 너무 빈약해서 걱정스러우니까 너는 내 수업을 좀 더 듣는 편이 좋겠다"라면서 영 놓아주지 않았다.

"네가 이미 취했으니까 우리 집에 가야 해."

가미야 씨는 집에 돌아가려는 내 팔을 잡고 억지로 끌고 갔다. 나는 언제 토해도 이상하지 않은 상태였고 가미야 씨도 충분히 지나치게 취해 있었다. 어떻게든 집에 가고 싶어서 "글쎄, 괜찮다니까요"라면서 강제로 팔을 뿌리쳤더니 가미야 씨가 갑자기 내 둔부를 세게 걷어찼다. 한밤중 역 앞 상점가에 타격 소리가 울려 퍼지고 메아리까지 살짝 쳐서 한참 저 멀리서 걸어가던 노숙자가 이쪽을 돌아보는 게 눈에 들어왔다.

"아프잖아요, 왜 걷어차는 거예욧!"

내 말에 가미야 씨는 무릎부터 무너져 내리더니 데굴데굴 구르며 웃었다.

"야, 화내지 마. 네가 너무 취해서 걱정이잖냐. 일단 우리 집으로 가자."

납득하기 어려운 설명을 남기고 가미야 씨는 혼자서 걸음을 뗐다. 어쩔 수 없이 나는 구토감을 꾹꾹 참고, 목구멍의 타는 듯한 아픔을 견뎌가며 가미야 씨의 뒤를 따라갔다. 하지만 아무리 가고 또 가도 가미야 씨의 집은 나오지 않았다. 항상 하던 못된 장난질인가 하고 생각했지만, 가미야 씨는 "도쿠나가, 괜찮냐!"라고 이따금 내 쪽을 돌아보며 진심 어린 표정을 보였기 때문에 아무래도 장난은 아닌 것 같았다. 기치조지 도로를 영원히,라고 생각될 만큼 걸어갔다. 오른편으로 네리마다테노 우체국을 지나쳤을 무렵부터 동쪽 하늘이 부옇게 밝아왔다. 차가 다니지 않는 것을 얼씨구 좋다 하며 차도의 중앙선을 유유히 걸어가는 가미야 씨를 보고 있으려니 구토감과 함께 화가 불끈 치밀었다.

"어디까지 가는 겁니까? 이제 기치조지도 아니잖아요."

"그런 소리 하지 마라. 섭섭하잖아."

가미야 씨는 자못 서운하다는 표정으로 말했다.

"왜 갑자기 평범한 단어를 쓰냐고요!"

"어라, 그렇게 화내지 말라니까."

이번에는 겁이 난 듯한 얼굴을 했다.

"평범한 말을 평범한 표정으로 하는 거, 제발 그만해

불꽃

요!"

"뭐가?"

눈썹을 치켜올리며 이상하다는 얼굴과 말투로 되물었다.

"뭐가가 아니라요…….."

"그런 소리 하지 마. 섭섭하다니까."

이번에는 서운한 듯한 얼굴로 말했다.

"평범한 말을 하면서 그 말에 딱 맞는 평범한 얼굴을 하는 게 바보 역할이라는 거, 나 말고 다른 사람은 아무도 모른다니까요!"

"아이, 그런 소리 말라니까."

난감한 척하는 얼굴을 하고 있다.

"뭔가 웃기는 말을 하라고요."

"도쿠나가, 섭섭한 소리 하지 마라."

말을 할 때마다 일일이 일단 멈춰 서서 몸을 돌리고 자신의 얼굴을 공손히 내게 보여주었다.

"평상시대로 말하는 게 바보라는 건 이제 평상시에도 미쳤다는 얘기잖아요!"

"어머나, 남한테 그런 식으로 말하면 안 되잖아."

눈썹을 축 늘어뜨린 표정을 보니 특히나 부아가 치밀었다.

"토해도 괜찮겠습니까?"

"아침에 출근하는데 내 집 앞에 토사물이 있으면 너도 싫지? 자기가 당하기 싫은 일은 하면 안 되잖아."

아직도 평범한 말을 하고 있다. 이렇게 이상할 정도까지 집요한 면도 가미야 씨의 특성이었다.

"그건 그렇지만, 진짜 그 평범한 말 하는 것 좀 그만두면 안 될까요? 어쩐지 속이 더 메슥거린다고요."

가미야 씨는 아까부터 메시지를 보내면서 걷고 있었던 모양인데 이번에는 전화가 걸려왔다.

"여보세요? 응, 도쿠나가하고 금방 들어갈 거니까 생수 좀 사놓을래? 이 친구, 엄청 취했어"라면서 전화를 끊었다.

금방 들어간다고 말한 뒤에도 한참을 걸어서 마침내 큰길로 나섰을 즈음, 하늘은 쳐다보고 싶지도 않을 만큼 환해져 있었다. 이건 오메 가도街道일 것이다. 트럭만 몇 대씩 지나다니는 오메 가도를 곧장 뚫고 나가 주택가를 지나고 조금 넓은 길을 동쪽으로 나가자 후지미도리라는 상점가 도로가 나왔다. 뭐, 이미 완전한 아침이었다. 그곳에서도 다시 한참동안 가미야 씨의 뒤를 따라 걸었다. 후지미도리는 어느 새 주오도리가 되었다. 겨우겨우 로터리 광장과 역 건물이 보이고 '세이부철도 가미샤쿠지이역'이라는 글자가 눈에 들어왔다. 정말로 이건 절대로 기치조지가 아니었다.

가미야 씨가 "여기야"라고 말한 건물은 오래되었지만 상상했던 것보다는 기품 있는 원룸이었다. 2층에 올라가 가미야 씨가 열쇠로 문을 열자, 한 번도 개키지 않은 듯한 이불 위에 여자가 앉아 있는 게 보였다. "이봐, 도쿠나가한테 물 좀 줄래?"라고 말하며 가미야 씨가 이불 위로 펄쩍 뛰어들자 쿵 소리가 나면서 방 전체가 흔들렸다.

"아침이라서 쿵쾅거리면 아래층 사람이 화내."

보더의 스웨트팬츠를 입은 호리호리한 여자가 순한 목소리로 가미야 씨에게 말했다.

"처음 뵙겠습니다. 도쿠나가입니다."

내가 인사하자 여자는 미소를 지으며 작은 소리로 이름을 댔다.

"마키라고 합니다."

"도쿠나가, 어서 자라!"

가미야 씨는 나를 억지로 그 이불 위에 눕혔다. 눕자마자 두통이 몰려와 얌전히 눈을 감고 있기로 했다.

"편의점에 다녀올 건데, 뭔가 필요하냐?"

가미야 씨의 물음에 대답할 여유가 없어서 나는 아무 말도 안 했다. 문 닫히는 소리가 나고 계단을 내려가는 두 사람의 발소리가 들렸다. 아침 해가 눈부셔서 미간 언저리가 근질근질했다. 저 여자는 가미야 씨의 여자 친구인 걸까. 애초에 이곳은 가미야 씨의 집이 아니라 마키 씨라는 사람의 집에 가미야 씨가 더부살이 중인지도 모른다. 이런 데서 잠을 자봤자 체력은 회복되지 않는다. 내 집, 내 이불 속에서 자고 싶었다. 이 시간이면 이미 첫 차가 나왔을 것이다. 나는 왜 여기까지 끌려온 것인가. 머리가 아팠다.

가미야 씨와 술을 마시면 항상 막판에는 앞뒤 구별을 못할 만큼 취해버렸다. 유익한 이야기라고는 거의 없었다. 이를테면 그날은 '마술사, 괴력을 가진 자, 그리고 그 밖에 어떤 분야의 스페셜리스트가 한 팀이 되면 완전 범죄 살인이 실현 가능한가'라는 것에 대해 둘이서 장시

간에 걸쳐 진지한 논의를 했다. 가미야 씨는 '고르고13*'
이라고 말했다. 나는 '자살 지망자'라고 말했다. 고르고
라면 물론 실패할 일은 거의 없다. 하지만 막대한 보수
를 준비해야 한다. 그런 엄청난 돈을 마련하는 과정에
서 분명 발목이 잡힌다. 그건 완전하다고 할 수 없다. 자
살 지망자의 경우는 죽고 싶은 팀과 죽이고 싶은 당사
자, 쌍방의 이해가 일치하고 완전한 유서의 작성도 가능
하다. 하지만 가미야 씨는 자살 지망자의 경우, 자살 지
망자밖에는 죽일 수 없다, 그러면 단지 사람을 죽여보고
싶은 것뿐인 집단이 된다는 것에 난색을 표했다. 살해당
하는 건 나쁜 놈이 아니면 안 된다. 자살 지망자가 있다
면 그런 마음을 접도록 설득해야 마땅한 일이라고 가미
야 씨는 어울리지도 않게 정론을 들고 나섰다. 이 토론
에 도덕적인 관점을 끌어들이면 얘기가 갑자기 복잡해
진다. 자살 지망자라느니 하는 편견에 찬 말을 경솔하게
사용한 것까지 후회가 된다. 게다가 엄밀히 말하자면,
나쁜 놈이라도 사실은 죽어서는 안 된다. 누군가 계단을

---

* 사이토 다카오의 만화 《고르고 13》의 주인공으로 맡은 일은 끝까지 완수하는 프
  로 저격수이다.

올라오는 소리가 들렸다. 누군가 나를 죽이러 왔는지도 모른다.

문 열리는 소리에 이어 비닐봉지를 내려놓는 소리가 났다. 가미야 씨가 킬킬거리면서 "이 녀석, 자고 있네"라고 말하는 목소리가 들렸다. 눈을 뜨려면 뜰 수도 있었지만 뜨지 않는 게 좋을 듯한 느낌이 들었다. 가미야 씨는 눈을 감고 있는 나를 보고 계속 웃고 있었다.

그리고 마키 씨에게 "이 녀석, 속 썩이는 동생 놈 같아"라는 창피한 소리를 했다. 가미야 씨가 나를 타고 넘어 창가로 이동하는 발소리가 들렸다. 참으려고 해도 자꾸 비어져 나오는 듯한 가미야 씨의 웃음소리가 귀에 간지러웠다. 눈꺼풀 위로 광선이 와 닿았다. 미간에 작은 벌레가 기어다니는 듯한 근질거림이 느껴졌다. "아이, 그러지 마"라는 마키 씨의 목소리가 들렸다. 더 이상 견딜 수 없어 슬쩍 눈을 떠보니 가미야 씨가 좋아죽겠다는 표정으로 커튼을 펄렁펄렁 흔들어 내 얼굴에 아침 햇빛이 쏟아지게 하고 있었다.

"하지 말라고요!"

내가 아무리 말해도 가미야 씨는 멈추지 않았다.

불꽃

"도쿠나가의 얼굴에 블랙 잭*처럼 햇볕에 탄 자국을 만들어줄 거야."

가미야 씨는 계속 웃고 있었다.

"그런 게 뭐가 재미있어요?"

나는 담요로 얼굴을 가려버렸다.

"야, 쩨쩨하게 얼굴을 가리냐?"

가미야 씨가 담요를 홱 젖히고 다시 커튼을 펄렁펄렁 흔들었다.

"좀 자게 가만히 내버려둬."

옆에서 마키 씨가 걱정스럽게 말했다.

나는 햇빛이 닿지 않게 잽싸게 몸을 돌려 다리가 있던 아래쪽으로 얼굴을 옮겼다. 아직도 가미야 씨의 웃음소리가 들렸다. 다음 순간, 내 몸이 이불과 함께 허공에 붕 뜨면서 휙휙 좌우로 흔들렸다. 눈을 떠 보니 가미야 씨와 마키 씨가 양쪽에서 이불 끝을 잡고 나를 실은 채 흔들고 있었다.

"마키 씨, 왜 거들어주는데요?"

* 데즈카 오사무가 그린 만화 《블랙 잭》의 주인공.

내가 물어봤더니 마키 씨는 부끄러운 듯이 말했다.

"미안해요."

정말로 죄송한 표정이었다. 잠자기를 포기하고 나는 이불 위에 책상다리를 틀고 앉았다. 마키 씨가 가져다준 페트병 생수를 마시며 온 방을 떠돌아다니는 먼지가 아침 해를 받아 반짝이는 것을 바라보았다. 마키 씨는 그런 나를 보고 미안해요, 미안해요, 사과하면서 계속 웃고 있었다.

해가 바뀌고 얼마 안 되었을 무렵, 가미야 씨가 웬일로 나를 시부야로 불러냈다. 시부야역 앞은 거대한 스크린 몇 개에서 흘러나오는 소리가 맞부딪쳐 뒤섞이고 그에 못지않게 행인 한 사람 한 사람이 끌고 다니는 소리 또한 거대하게 울려서 거리 전체가 큰 소리로 부르짖는 것처럼 느껴졌다. 사람들은 지난 연말과 똑같은 몸뚱이인 채로 새해의 표정을 지으며 돌아다녔다. 검은 정장을 차려입은 사람이 대부분이었지만 간간이 지나치게 선명한 색깔의 옷차림으로 혼자 웃고 있는 젊은이들이 눈에 띄어서 오히려 그런 인물들 쪽이 나를 침착하게 해주었다. 가미야 씨는 하치공 동상 앞에서 담배를 피우고 있었다. 기치조지에서 보는 가미야 씨에게는 약간 익숙해졌지만 시부야의 분잡함 속에서 보는 가미야 씨는 역시 압도적으로 공간과 따로 놀고 있었다. 옷차림에 관심이 없고 결코 현대적이라고 할 수 없는 것도 그 요인의 하나인지 모른다.

"설날에 보고 처음이네. 마키가 미안하다고 하더라."

가미야 씨는 쇼트호프 담배 연기를 토해내며 말했다.

설날에 가미야 씨와 마키 씨와 나, 셋이서 무사시노 하치만궁에 참배하고 마키 씨 집에 가서 김치전골을 먹었다. 매번 그렇듯이 내가 술에 취해 코미디에 대해 열변을 토하면 가미야 씨의 지시를 받은 마키 씨가 방 어딘가에서 나를 향해 사팔눈을 하고 잔뜩 혀를 빼무는 전형적인 괴상한 표정으로 쑥 나타나고 그 모습을 발견하자마자 내가 마키 씨를 나무란다는, 설날답지 않은 수수께끼 같은 주고받기를 몇 시간이나 되풀이했던 것인데, 그게 서서히 격화되어 마지막에는 일단 나의 사각死角으로 사라졌던 마키 씨가 방 한구석에서 나를 향해 가운뎃손가락을 치켜들기까지 했던 것이다. 아마 그 일에 대해 사과한다는 얘기인 모양이었다.

가미야 씨는 신호등이 초록색으로 바뀌자 담배를 버리고 스크램블 사거리를 횡단하면서 "도쿠나가, 너는 좀 싫어할지도 모르겠다만 여자들도 있어"라고 말했다. 가미야 씨는 다른 보행자와 자주 부딪혔다. 우다가와 파출소 근처에 이자카야가 줄줄이 입점한 복합건물이 있는데 그중 한 곳에서 여자들과 만나기로 한 모양이었다. 항상 드나들던 기치조지의 이자카야보다 훨씬 현대적인 인테리어여서 가게 안에 들어선 단계에서 나는 이미 상당히 주눅이 들었다. 여자가 세 명, 그리고 가미야 씨의 소속사 후배 한 명이 있었다. 나는 남녀가 만나는 술자리 모임에 참가해 본 적이 한 번도 없었다. 가미야 씨의 소속사 후배는 나보다 데뷔가 늦은 모양인지 공손히 인사를 해줬는데, 내가 멍하니 대꾸를 안해서 어쩌면 나를 무뚝뚝한 놈이라고 생각했을지도 모른다. 가미야 씨는 나나 마키 씨와 함께 있을 때보다 좀 더 명랑한 것처럼 보였다. 나는 평소보다 조용히 있었다. 그 자리에 어울리는 말이 한 마디도 튀어나오지 않았다. 내 옆자리에 앉은 여자가 유난히 귓가에 대고 말을 걸어오는 게 성가셨다.

가미야 씨의 독무대였다. 여자들도 가미야 씨의 이야기에 매번 웃었다. 내 옆의 여자만 작은 소리로 나한테 "괜찮아요?"라는 등의 말을 걸면서 무리하게 둘만의 공간을 만들려고 하는 게 영 귀찮았다. 그 횟수가 불어날 때마다 여자의 눈빛이 점점 가라앉았다. 나는 이 여자의 얘기가 아니라 가미야 씨의 얘기를 들으러 온 것이다. 화장실에 다녀오면서 나는 원래 앉았던 자리가 아니라 가미야 씨 옆에 가서 앉았다.

"너, 왜 여기로 왔어!"

가미야 씨가 반사적으로 소리치자 여자들이 일제히 웃음소리를 올렸다. 나는 식어버린 튀김만 말없이 쳐다보았다.

내 옆에 앉았던 여자가 "나, 차인 거야?"라고 말했다. 나는 입을 꾹 다물고 있었다. 그날만은 도무지 술에 취하지도 않았다. 여자들이 나를 신기한 생물처럼 쳐다보았다.

"이 친구, 어째 사춘기 중학생 같지?"

가미야 씨의 말에 나 이외의 모든 사람들이 동의를

불꽃

표했다. 나와 가미야 씨는 재능에 있어서 천지 차이라는 건 이미 자각했었지만 이토록 인간으로서의 거리를 느낀 적은 없었다. 마치 딴 세상 사람 같았다. 그래도 다른 사람들보다는 낯익은 얼굴이라서 그 자리에서는 가미야 씨를 의지하는 수밖에 별 뾰족한 방법이 없었다.

"근데 이 친구가 이래 봬도 도청이 취미야."

가미야 씨가 말하자 그 자리의 모든 사람들이 과장스럽게 놀랐다.

"그렇지?"라고 가미야 씨가 내게 물어보는지라 "네"라고 대답했더니 왜 그런지 다들 웃었다.

"와아, 뭔가 위험한 인물인 것 같은데요?"

가미야 씨의 후배가 말하자 여자들이 다시 떠들썩하게 웃었다.

도청이라고 해도 무슨 기기를 사용해서 엿들은 게 아니었다. 어쩌다가 한밤중에 가미야 씨와 함께 주택가를 지나가게 됐는데 근처에서 여자의 헐떡이는 신음소리가 들려와 그냥 그 자리에서 이십 분쯤 듣고 서 있었다. 그리고 그날부터 2주일 정도, 매일 밤 거기에 드나든 것뿐이다. 하지만 몇 번을 가봐도 그 소리는 두 번 다시 들려오지 않았다. 며칠째인가의 밤에 그건 영상에서 나온 소리가 아니었을까 하는 의문이 머릿속에 떠올랐다. 하지만 그 소리의 절실함으로 보면 분명 집에서 실제로 새어 나온 것이라는 확신도 있었다. 당일에 나도 가미야 씨도 영상에서 나온 소리일 가능성이 전혀 머릿속을 스치지 않았던 게 무엇보다 큰 증거라고 생각한다. 그런 의문이 생겨난 뒤로는 그 진위를 확인하고 싶은 욕구도 있어서 일부러 계속 가봤다는 측면도 있기 때문에 도청이 취미라고 단정해 버리는 데는 적잖은 저항감이 들었다.

"어머, 왜 도청에 흥분하는 거죠?"

여자 한 명이 나를 향해 질문을 던졌다.

"대상자가 누군가에게 들릴 것을 전제로 내뱉은 소리가 아니기 때문입니다. 그러니까 원래는 들을 수 없는 소리라서……."

대답하고 싶지는 않았지만 나는 자리가 썰렁해지는 건 원치 않았다.

"연구원이시네!"

또 다른 여자의 말에 모두가 웃었다. 그래도 나는 별로 거슬리지 않았지만 가미야 씨가 한 덩어리가 되어

불꽃

좋다고 웃는 것만은 고통스러웠다. 사부님이 그쪽 편에 서버리면 나는 그들을 대수롭지 않은 자들로 간단히 부정할 수 없게 된다.

마지막까지 나는 그 술자리에 전혀 어울리지 못했다. 가미야 씨는 모든 여자들과 연락처를 교환하고 있었다. 아무튼 나는 어서 빨리 집에 돌아가고 싶었다.

내 소원이 통했는지 막차가 끊기기 전에 자리가 파해서 나는 가미야 씨와 이노카시라선 전차를 타고 기치조지로 향했다. 시부야발이라서 차 한 대만 패스했더니 둘이 나란히 앉을 수 있었다. 가미야 씨는 상당히 흡족한 기색으로 보였다.

"오늘도 도청이나 하러 갈까?"

전차가 출발하자 가미야 씨가 말했다.

"그런 얘기, 하지 좀 마세요."

나는 가미야 씨를 쳐다보지 않고 대꾸했다.

"아니, 우리가 계속 둘이서만 얘기하다 보면 진짜 취미의 세계로 가버리게 되잖냐. 가끔은 다른 사람들과도 대화를 하면서 우리 스스로가 어떤 인간인지 알아둬야지. 야, 그래도 그 말에 다들 웃어줬잖아."

"아니, 비웃음을 산 것뿐이죠."

나는 과연 내 의지로 남을 웃겨본 적이 있었는지, 갑자기 불안해졌다.

"비웃음을 사서는 안 된다, 웃겨야 한다,라는 거, 엄청 폼 나는 말이지만 그거, 대기실 밖으로 새어나가면 안 되는 소리야."

가미야 씨가 말했다.

시모키타자와역에서 사람들이 많이 내렸지만 그 비슷한 만큼 다시 사람들이 차에 탔다.

"그 말 때문에 비웃음을 사는 척하기가 어렵게 되잖아. 이 사람은 바보인 척하고 있지만 사실은 똑똑한 것이다,라는 건 원래 관객은 몰라도 되는 비밀이야. 그걸 알면 새로운 심사 기준이 생겨버리거든. 이 사람들 바보구나 하고 아무 생각 없이 웃어주면 좋은데 말이지. 비웃음을 사려고 일부러 저런다고 관객들이 눈치채면 그건 너무 아까운 일이잖냐."

"그렇게 새로운 기준을 뛰어넘어 생겨나는 것도 있는 거 아닙니까?"

"그런 것도 일부 있겠지만, 내가 보기에는 명화에 온

불꽃

갖 물감을 너무 덧칠하는 바람에 이제는 원래대로 돌아
갈 수 없어서 쩔쩔매는 상태인 것 같아. 그런 점에서 너
는 자신의 재미있는 부분을 너 스스로 깨닫지 못하고 있
어. 바로 그게 좋은 거야."

"누가 진짜 바보인데요!"

"어머, 조용히 하세요."

가미야 씨가 다정한 목소리로 내 입을 다물게 했다.

메이다이마에역에서 사람들이 많이 내리면서 드디어
숨쉬기가 편해졌다. 이자카야에 있을 때와는 다른, 평
소의 가미야 씨로 돌아왔다. 가미야 씨는 나와 어울리다
보면 주위에서 위선자라고 생각하지 않을까 불안해진다
고 이따금 말하곤 했다. 그 말에는 나에 대한 모멸의 의
미도 조금쯤 포함되어 있겠으나 그건 어디까지나 농담
의 하나라고 파악했었다. 나 자신의 일이 되면 객관적이
기가 힘들지만, 오늘 술자리에서의 내 행동거지를 돌아
보니 그저 단순한 농담이 아니었는지도 모른다는 생각
이 들었다. 아마도 여자들은 나에 대해 이상한 남자였다
고 어딘가에서 얘기하고 있을 것이다. 가미야 씨의 후배
는 나에 대해 개그맨 주제에 감각이 떨어지는 놈이라고

생각했을 것이다.

　나는 주위 사람들에게서 삐딱한 태도를 가진 것으로 여겨지는 일이 많았다. 긴장으로 얼굴이 굳어버린 것뿐인데 그것이 남에게 아무 관심도 없다는 의지의 표시, 혹은 호전적인 적의로 비쳐졌다. 주위에서 "그놈은 까마귀 노니는 곳을 벗어나 홀로 자기만의 길을 가려는 놈"이라고 반쯤 비웃으면서 하는 말들을 들으면 그런 생각은 털끝만큼도 하지 않았는데, 어느새 나 스스로도 그렇게 하지 않으면 안 될 것 같은 마음이 들어 조금씩 내 위주로 하는 말과 행동이 불어났다. 그러면 그 말과 행동을 증거로 삼아 주위에서는 점점 더 그렇게 믿기 시작한다. 단 재능 부분은 일절 인정해 주지 않았기 때문에 그야말로 잔혹한 평가가 내려졌다. 확고한 입각점을 갖지 못한 채 개그맨으로서의 나 자신이 형성되어 갔다. 그런 식으로 스스로 당황스러워하면서도 어쩌면 이게 참된 나 자신인지도 모른다고 우왕좌왕했다. 요컨대 나는 엄청나게 까다로운 놈으로 사람들에게 인식되어 있었다.

　나처럼 따분하고 까다로운 놈과 어울리는 바람에 가

미야 씨까지 주위에서 색안경을 쓰고 바라보며 위선자라고 불릴 가능성이 있다는 것은 그때까지 실제로 생각해 본 적이 없었다. 나는 가미야 씨를 어딘가에서 세상에 아부하지 못하는 사람, 나와 같은 종류의 사람이라고 생각했었지만, 그렇지 않았다. 나는 영원히 어느 누구에게도 아부하지 못하는 인간이고, 가미야 씨는 아부할 수 있는 기량은 있지만 그것을 선택하지 않는 인간이었던 것이다. 이 두 가지 사이에는 절대적인 차이가 있었다. 가미야 씨는 다른 사람들처럼 나를 경계하지 않고 철저히 바보로 여겨주는 일이 있는가 하면 솔직하게 칭찬해주는 일도 있었다. 다른 어떤 척도에도 좌우되지 않고 나와 정면으로 마주해 주었다.

그런 가미야 씨에게 의지하는 동안에 근본적인 것을 깜빡 잊어버릴 뻔했다. 가미야 씨의 돌발적인 말과 행동, 그 재능을 경외하면서도 통상적이지 않은 게 곧 정의正義인 것처럼 잘못 생각하고 있었다. 아니, 코미디언에게는 통상적이지 않은 것이 일종의 이점이라는 건 진실이지만, 나는 단지 재주가 없을 뿐이었고 그 재주 없음조차 팔아먹을 만한 것도 못 될 만큼 그저 단순한 재주 없음에 지나지 않았다. 그것을 가미야 씨의 통상적이지 않음과 혼동한 채 마음을 턱 놓고 있었다. 내가 생각했던 것보다 사태가 훨씬 더 심각했던 것이다.

에이후쿠초역에서 다시 사람들이 내렸다. 타는 사람은 없었다. 열린 문으로 흘러든 차가운 바람이 발치에 휘감겼다. 서서히 출발하는 차창에 평소와 달리 얌전한 표정의 가미야 씨와 내가 나란히 비쳤다.

"가미야 씨, 마키 씨와 정식으로 사귀는 거지요?"

나는 기분을 바꾸려고 전부터 마음에 걸렸던 것을 물어보았다.

"아냐, 그냥 그 집에서 같이 살게 해주는 것뿐이야."

"그렇습니까?"

처음 마키 씨를 만난 뒤로 가미야 씨의 호출을 받아 뻔질나게 마키 씨네 집에 드나들곤 했다. 밖에서 셋이 식사를 하고 함께 그 집으로 가는 일도 많았다. 마키 씨는 가미야 씨에게 헌신적이었고 나에게도 다정했다. 오늘 모르는 여자들과 술을 마실 때도 마키 씨가 몇 번이나 내 머릿속을 스쳐갔다. 마키 씨와 셋이서 술을 마시는 게 더 즐거웠다. 내가 마키 씨를 좋아하는 이유 중의 하나는 가미야 씨의 재능을 인정해 준다는 것이었다. 가미야 씨가 무슨 말을 하든 마키 씨는 가미야 씨를 진심으로 좋아한다는 것을 같은 공간에 있으면서 알 수 있었다.

"진지하게 사귀는 거라고 생각했는데……."

그렇게 말하는 내게 가미야 씨는 별로 내키지 않는 대답을 했다.

"그런가?"

"좋아하는 거 아니었어요?"

"너하고 얘기하면 학생 때가 생각나더라?"

"대학에 다녔으면 아직 4학년 나이니까요."

"그건 나도 아는데, 아니, 내가 집세를 내주는 것도 아니고, 이렇게 이것저것 다 해주고 있으니까 나도 제대로 하고 싶긴 한데, 야, 나 같은 인간이 진지하게 사귀자고 하면 그건 곧 지옥이야."

"그건 그렇죠."

"야, 이런 때는 아니라고 해줘야 하는 거 아니냐."

가미야 씨는 나를 돌아보지 않은 채 담담히 말했다.

"마키가 말이지, 도쿠나가하고 함께라면, 하면서 항

상 돈을 쥐어줘. 그래서 내가 날이면 날마다 너하고만 어울리게 되잖냐."

"함께 살다 보면 사귀자는 얘기도 하게 되지 않나요?"

"그런 얘기도 몇 번 하긴 했지. 그냥 제대로 된 남자를 사귀라고 했어."

종점인 기치조지역이라고 알리는 안내 방송이 흘러나왔다. 전차는 조심스러운 기적으로 브레이크 소리를 내며 속도를 떨어뜨렸다.

"마키 씨는 뭐라고 했는데요?"

"알았대."

"그런 거, 좀 싫은데……."

마키 씨는 기치조지의 주점에서 일한다고 들은 적이 있다. 가미야 씨가 더부살이를 하면서부터 노래방도우미 일을 그만두고 밤일을 시작했다고 한다. 전차는 기치조지에 도착했다. 시부야보다 한층 온도가 낮아진 듯한 느낌이 들었지만 내 몸이 심지에서부터 써늘해졌던 것뿐인지도 모른다. 개표구를 빠져나와 북쪽 출구로 나섰다. 이 거리의 풍경은 다정하다. 드디어 긴장에서 해방

불꽃

되었다는 안도감이 온몸에 퍼졌다.

"하모니카요코초에나 갈까?"

"갈까요?"

길가의 토사물조차 얼어붙은 이 거리를 돌아다니는 사람들은 아무도 우리를 알지 못했다. 우리도 거리를 돌아다니는 사람들을 아무도 알지 못했다.

어릴 때부터 텔레비전에서 익히 봐왔던 코미디계의 대부가 타계했다는 소식이 보도되었다. 밑 빠진 듯 까불지 않아도, 말투가 빠르지 않아도, 유달리 목소리가 크지 않아도, 어느 누구도 흉내 낼 수 없는 코미디가 실현 가능하다는 것을 증명해 준 위대한 코미디언이었다. 물론 실제로 코미디의 세계에 들어와 보니 강렬한 개성과 인상으로 대사를 이끌어가는 게 아니라 순수한 화술만으로 콤비 개그를 성립시킨다는 것이 얼마나 어려운 일인지 실감하기도 했다. 하지만 콤비 개그는 두 사람이 최상의 재미있는 대화를 하는 것이라는 근본으로 되돌아가게 해준 귀중한 존재였다.

부고를 듣고 나는 어쩐지 가만히 있을 수 없어서 고엔지의 내 집에서 가까운 공원으로 파트너 야마시타를 불러냈다. 당장 대사 맞추기를 하고 싶어졌던 것이다. 작품 회의를 하거나 입으로만 대사를 칠 때는 신주쿠의 커피점, 실제로 일어서서 맞춰볼 때는 이 공원인 경우가 많았다. 야마시타는 나의 충동적인 행동에 동조하는 타입은 아니었기 때문에 갑작스럽게 불러낸 이유는 굳이 말하지 않았다. 낡아빠진 자동차의 브레이크를 끼이이익 울리며 도착했을 때부터 야마시타는 기분이 별로 좋지 않았다. 틈만 나면 대사를 맞춰보고 싶어 하는 나와는 달리 그는 곧바로 라이브 공연이 없을 때는 그리 내키지 않는 것 같았다. 우선은 다음 오디션에서 할 예정인 대사를 맞춰봤지만 별로 잘 풀리지 않았다. 되풀이해서 여러 번 해봤는데도 평소보다 더 죽이 맞지 않았다. 서로의 템포가 전혀 맞지 않는 것이다. 야마시타는 내 말을 듣고 있지 않았다. 귀로 듣지 않으니까 톤이 맞지 않는다. 나는 그의 말을 듣고 난 다음에 말을 했기 때문에 한순간 틈이 벌어졌다. 일상적인 대화라면 신경 쓰이지 않을 정도의 틈이지만 야마시타가 말하는 속도에서는 그 틈이 이상하게 두드러져 버렸다.

내 말을 좀더 잘 듣고 난 다음에 반응을 해달라고 그에게 요구했더니 "수없이 했던 대사인데 자꾸 들어달라고 해봤자……"라고 대꾸했다. 반사적으로 주먹다짐을 할 뻔했다. 이 녀석은 아무것도 모른다. 새로운 대사 따위, 매일매일이라도 만들 수 있다. 하지만 콤비 개그는 그런 것이 아니다. 그런 감각으로 하고 있으니 아무리 세월이 흘러도 우리는 우리만의 리듬이라는 걸 찾지 못하는 것이다. 벤치에 앉아 말 없는 시간이 잠시 이어졌다. 햇살이 기울기 시작하고 바로 뒤쪽의 준조 상점가에서 반찬 냄새가 풍겨왔다. 특별활동을 끝내고 돌아가는 여학생들이 웃으면서 우리가 앉은 벤치 앞을 지나갔다. 저마다 검은 천을 씌운 뭔가 길쭉한 물체를 손에 들고 있었다. 저게 활인가 아니면 언월도*인가. 어쨌건 무기 종류이리라.

"대사 맞춰보기가 중요한 건 알지만, 나도 일정이 있

* 옛날 무기의 하나로 초승달 모양으로 생긴 큰 칼.

불꽃

는데 갑작스럽게 불러내지 좀 마라."

야마시타가 말했다. 개그를 하기 위해 도쿄에 올라온 우리에게 개그보다 우선해야 할 일 따위는 없는데.

"그랬으면 오기 전에 말을 하던지!"

드물게 고함을 내지른 나는 그 기세를 몰아 집에 가 버리려고 벌떡 일어선 순간, 강렬한 힘에 끌려 다시 벤치에 주저앉았다. 청바지 뒷주머니에 넣어둔 지갑과 벨트 고리에 달아둔 지갑 체인이 벤치 홈에 끼어 있었던 것이다. 분노하며 멋있게 떠나갔어야 할 내가 원래대로 야마시타 옆에 앉아 있었다. 야마시타가 고개를 숙이고 터지는 웃음을 꾹 참고 있었다.

나는 두 손으로 체인이 끊어지지 않게 지갑을 벤치 홈에서 살금살금 빼냈다. 그 꼴을 처음부터 끝까지 야마시타가 뻔히 지켜보았다. 그런 불쌍하고 서글픈 모습의 내 옆에서 그는 애써 태연한 표정을 짓고 있었다.

바짝 열이 오른 머릿속을 가라앉히려고 화장실로 갔다. 우리는 작품에 관한 일로 몇 번 다툰 적이 있었다. 그것은 방향성의 차이라기보다 인식의 차이에 따른 것이었다. 아마 나 혼자 지나치게 급하게 굴었던 것인지도 모른다. 하지만 가미야 씨는 매일같이 파트너 오바야시 씨와 대사를 맞춰보고 있었다. 그런 자세를 옆에서 지켜보면 이건 젊은 개그맨에게는 상식 같은 일처럼 생각되었다. 화장실을 나와 야마시타에게 돌아가지 않고 가미야 씨에게 전화를 걸었다. 대사 맞추기를 하다가 야마시타와 다퉜다는 얘기를 간단히 보고했다. 지갑 체인에 관한 것까지는 굳이 말하지 않았다. 화나는 얘기가 우스갯거리가 되어버릴 가능성이 있었기 때문이다. 감정적으로는 앞으로 2, 3일쯤 재워둬야 할 일이었다.

"좀 때려줄까 하고 있습니다."

말로 내뱉고 나니 정말로 그렇게 하고 싶은 마음이 들었다. 우리는 여태껏 주먹질을 하며 싸운 적은 없었다. 이참에 그걸 해본다면 뭔가가 달라질지도 모른다.

"때렸다가는 팀 해산이야. 그러니까 주먹질은 하면 안 된다잉?"

가미야 씨가 다정한 목소리로 말했다. 그 목소리 뒤에서 누군가 이야기하는 소리와 웃음소리가 희미하게 들려왔다.

"진짜 화가 납니다."

나는 어린애처럼 말했다. 가미야 씨가 뭔가를 꿀꺽 마시고 유리잔을 테이블에 내려놓는 소리가 들려왔다.

"대사 맞추기가 끝나는 대로 이쪽으로 와라. 함께 밥이나 먹자. 네가 가장 좋아하는 요리가 뭐지?"

가미야 씨가 물었다. 맛난 것이라도 대접해 줄 모양이다.

"불고기인데요."

나는 솔직히 대답했다.

"아니잖아. 네가 가장 좋아하는 요리가 뭐지?"

가미야 씨가 똑같은 질문을 되풀이했다. 현실적으로 집에서 가능한 요리를 말하라는 뜻인가.

"네가 가장 좋아하는 요리가 뭐냐고 물어보잖냐."

"냄비전골인데요."

내가 대답하자 가미야 씨는 문득 침묵에 잠겼다. 그 침묵 뒤쪽에서 많은 이들의 웃음소리가 울렸다.

"냄비?"

마침내 가미야 씨가 말을 내뱉었다.

"네, 냄비전골."

"너, 냄비도 먹냐?"

"아니, 우리 자주 먹었잖아요."

"이가 엄청 튼튼한 모양이네."

"아니, 그게 아니라……."

"나는 이가 약해서 못 먹겠다만, 넌 쇠냄비하고 흙냄비하고 어느 쪽이면 되겠냐?"

"뭔 소리를 하는 겁니까?"

가미야 씨가 갑자기 바보가 되어버렸다.

"둘 중 어느 쪽이 씹어 먹기 좋겠냐고."

"아니, 냄비전골이라는 건 냄비 그 자체를 먹는 게 아니잖아요."

"너, 냄비 먹는다고 말했잖아."

"말이야 했지만, 냄비 속에 든 걸 먹는다는 얘기지요."

"냄비 속에 든 거?"

"그렇죠."

"냄비 속에 든 거라니, 냄비를 까 보면 뭔가 나오냐?"

"까기는 뭘 깝니까. 김치전골이니 버섯전골이니, 우리 엄청 자주 먹었잖아요."

"아, 그 냄비 요리?"

"당연하죠. 왜 갑자기 바보가 됐습니까? 너무 끈덕지니까 오싹하잖아요."

"그러면 소의 쇠고기 사둘게."

"쇠고기는 원래 소예요. 바보네, 진짜."

내가 실례되는 말투로 다그치자 가미야 씨는 혼자 킥킥거리며 웃다가 말했다.

"에이, 뭔가 복잡하네. 그러면 오늘 저녁은 샤브샤브로 하자."

"그건 더 복잡하죠."

"너, 혹시 그 샤브샤브용 냄비, 있냐?"

"있을 리가 있어요?"

변함없이 말소리와 웃음소리와 큰 박수 소리가 들려왔다. 텔레비전을 켜놓고 술을 마셔가면서 대충 대답하고 있는지도 모른다.

전화를 끊고 그런 얘기에 말려든 것을 후회하며 야마시타에게로 돌아갔다. 가미야 씨와 통화를 하고 나니 기분은 지나치게 충분할 만큼 침착해졌다. 야마시타는 휴대전화 액정 화면을 들여다보며 벤치에서 다리를 꼰 채 한쪽 발의 지저분한 검정색 잭 퍼셀을 건들거리고 있었다.

불쑥 야마시타가 입을 열었다.

"세 가지를 사과할게."

그에게서 사과를 받아본 일이라고는 여태껏 한 번도 없었다. 물론 나도 그에게 사과한 일 따위, 없었다. 설명하기는 어렵지만, 콤비라는 건 그런 독특한 관계성을 가진 것이다. 더구나 우리는 중학교 때부터 같은 반 친구라서 약간 다툰 정도로 사과를 주고받는 습관은 없었다.

"우선 첫째로, 대사 맞추기보다 더 중요한 일정이 있는 것처럼 말해버린 거."

정말로 세 가지를 사과할 모양이었다.

"또 한 가지, 작품을 짜는 건 너인데, 몇 번이나 우려먹었다는 식으로 말해버린 거."

분명하게 사과하고 있었다. 갑자기 부끄러워졌다.

"또 한 가지는……."

그 말만 하고 야마시타는 입을 꾹 다물었다. 처음에는 감정이 복받쳐 말이 안 나오는 건가 했는데, 표정을 보아하니 그렇지는 않은 것 같았다. 같은 자리에 자꾸 침을 뱉어 땅바닥을 적시고 있었다. 이건 난처할 때 자주 튀어나오는 그의 버릇이다. 왜 두 가지밖에 사과할

게 없는데 세 가지를 사과한다고 말을 꺼냈을까. 아마도 뭘 말할지 중간에 잊어버린 것이리라. 야마시타도 나름대로 바보인 것이다. 쇼핑백을 든 사람들이 준조 상점가의 소란스러움을 뒤에 달고 공원을 건너갔다. 우리는 밤의 기척 속에 많은 말들을 녹이고 온갖 것들을 없었던 일로 돌려버리며 정말 아무 일도 없었던 듯한 얼굴로 벤치에 오래오래 앉아 있었다.

시부야로 향하는 전차 안에서 동네를 내려다보니 곳 곳에 벚꽃이 피어 마주 보기 힘들 만큼 눈이 부셨다. 봄 이라는 계절을 원망스럽게 여기게 된 건 언제부터일까. 시선을 차 안으로 돌리자 학생이나 회사원이 시야에 들 어와 이번에는 강한 초조감에 휩싸였다.

생활은 전혀 달라지지 않았다. 연일 작품을 짜고 대 사 맞추기에 골몰했지만 수입으로 이어지지는 않았다. 심야 아르바이트로 가까스로 생활비를 때우고, 그 이외 의 밤에는 가미야 씨와 술을 마셨다. 한 달에 몇 번 극장 무대에 서는 일만이 삶의 보람이었다. 그것에 의지해 하루하루 몸을 질질 끌고 다녔다.

　시부야역 앞의 어수선함을 빠져나와 센터 거리로 올라가면 오른편 주상복합건물에 〈시어터 D〉라는, 객석이 100석도 채 안 되는 작은 극장이 있다. 도쿄에서 활동하는 젊은 개그맨들에게는 아주 중요한 장소여서 이곳에서 첫 무대를 경험하는 자들도 많았다. 예전에는 각 연예기획사마다 특히 기대하는 신인들을 선발해 출연시키는 〈시부야 올스타 축제〉라는 전통적인 라이브 공연이 정기적으로 개최되었다. 하지만 우리를 비롯해 스타라고 할 만한 인물은 하나도 눈에 띄지 않았다. 꾀죄죄한 옷을 걸치고 시부야 거리를 몸으로 북북 기어 가까스로 도착한 듯한 자들만 좁은 대기실에 속속 모여들었다. 신기한 건 저마다 다른 종류의 웃음을 짓고 있다는 것이었다. 정말로 즐거워서 웃는 자. 어떤 표정으로 대기실에 들어서야 할지 몰라 겸연쩍게 웃는 자. 일그러진 감정에 자조적인 웃음을 보이는 자. 스스로 웃고 있다는 것을 알지 못하는 자…… . 나는 내 표정을 남들에게 보이고 싶지 않아 매번 고개를 푹 숙이고 조용히 문을 열었다. 좁은 대기실에는 담배와 남자 냄새가 가득 차 있었다. 출연 표를 들여다보며 내 순서를 확인했다. 나는 첫 팀의 세 번째였다. 출연 표 한가운데쯤에 '천치들'이라는 글씨가 보였다. 오늘은 가미야 씨도 함께였던 것이다. 뒤에서 내 어깨를 툭 치는 것과 동시에 "고객님"이라는 소리가 들려서 돌아보니 가미야 씨가 서 있었다.

"안녕하십니까? 오늘 함께였네요."

내가 인사를 건넸다. 소속사가 달라서 이렇게 극장에서 만나면 신선한 느낌이 들었다.

"그러네."

대답하는 가미야 씨의 감정이 읽히지 않았다.

그대로 대화를 이어가며 우리는 비상계단으로 나갔다. 가미야 씨는 담배를 피우면서 내 말에 귀를 기울였다. 평소보다 가미야 씨가 점잖다는 느낌이 없잖아 있었다. 리허설 시간까지 줄곧 내 얘기에 빠져 있었기 때문에 그것을 새삼스럽게 의식한 것은 집에 돌아가는 전차에 흔들리고 있을 때였다. 같은 차량에 타고 있던 회사원이 토하는 바람에 승객 대부분이 옆 차량으로 이동했다. 나도 전차가 플랫폼에 정차했을 때 일단 홈에 내려섰다가 서둘러 옆 차량으로 다시 올라왔는데, 내 뒤로도 구토물 때문에 차례차례 승객이 따라와서 차량 한가운데쯤까지 떠밀려 갔다. 등판을 떠밀려 숨쉬기가 답답했다. 자세를 바꿔 숨을 편히 쉬려고 고개를 들자 차내 광고의 '고객 접대'라는 제목이 눈에 들어왔다. 묘한 기시감은 극장에서 가미야 씨가 나에게 "고객님"이라고 말을 건넸던 때의 기억으로 직결되었다. 큰 실례를 저지르고 말았다. 나는 그 천진한 "고객님"을 전혀 받아주지 않고 넘어가 버린 것이다.

아아, 하고 나도 모르게 탄식이 터질 만큼 후회했다. 곧바로 글을 작성해 메시지를 보냈다.

「수고 많으십니다. 오늘, 고마웠습니다. 대기실에 들어오자마자 '고객님'이라고 해주셨지요? 사부님께서 모처럼 독특한 첫 말을 떼어주셨는데 저는 현실적인 대답만 해버려서 죄송합니다. 카논 선율로 읊는 불경」

즉각 답신이 날아왔다.

「정말로 죄송하다고 생각했다면 그대로 잊어주는 게 옳아. 못 들은 것이라 믿고 내일부터 또 살아갈 생각이었는데. 한 평 반짜리 방으로 밀려난 구세주」

그런 메시지였다. 어려운 말이다. 가미야 씨가 그 뒤

어떤 흐름을 계산했었는지 알고 싶었지만 현장감을 상실한 지금에서야 그 진의를 묻는 건 분명 열없는 짓일 것이다.

나는 가미야 씨가 생각할 듯한 것은 알아도 가미야 씨가 생각한 것은 알지 못했다. 나 자신의 재능을 훌쩍 뛰어넘는 것은 그리 쉽게 상상이 되지 않는다. 가미야 씨의 발언을 들은 후에야 그 손 안의 카드를 알고 있었다고 착각한 것에 지나지 않는다. 내 살을 베어낸 상처 자국을 보고 어느 검객의 칼 솜씨인지 판별해 냈다는 것을 의기양양하게 자랑해 봤자 아무 의미도 없다. 나는 누군가에게 그것과 똑같은 상처를 입히는 게 불가능한 것이다. 이건 얼마나 얼빠진 일인가.

게다가 나와 가미야 씨 사이에는 표현의 폭에 큰 차이가 있었다. 가미야 씨는 재미를 위해서라면 폭력적인 발언도 야한 발언도 사양하지 않을 각오가 있었다. 한편 나는 내 발언이 오해를 불러일으켜 누군가를 상처 입히는 것은 아닌지 늘 겁을 냈다.

가미야 씨에게는 그런 제한이 없었다. 주위의 시선을

불꽃

아랑곳하지 않고 야한 얘기든 뭐든 쑥쑥 내뱉는 무법적인 행위를 재미있다고 생각하는 것이 아니다. 어디까지나 재미있는 것을 선택하는 과정에서 외설스러운 현상이 있었던 것뿐이라서 그것을 배제할 필요를 털끝만큼도 느끼지 않는 것이다. 그런 가미야 씨와는 대조적으로 나는 주제가 따로 있고 야한 대사는 단지 한 가지 요소에 지나지 않는 국면에서도 그것을 배제하려는 경향이 있었다. 즉 나 스스로 묘사하고 싶은 세계가 있어도 노골적인 성적 표현이 중간에 끼어들 경우, 거기까지 가닿는 것 자체를 단념해 왔다. 가미야 씨는 나의 그런 경향을 간파하고 성실하지 못하다고 말했다. 불량하다고도 했다. 재미있느냐 아니냐 이외의 척도에 얽매이지 말라는 것은 가미야 씨의 일관된 견해였다. 내가 재미있는 외설을 피할 때, 재미있는 인간이고자 하는 의식보다 추하지 않은 인간이고자 하는 의식이 더 크게 작용한다는 것이다. 가미야 씨는 그 부분이 불량하다고 말했다. 그래서 가미야 씨 앞에서만은 나도 야한 표현을 쓰는 것에 저항감이 적었다.

다시 휴대전화가 부르르 울렸다. 가미야 씨에게서 온

것이었다. 머뭇머뭇 메시지함을 열었다.

「솔직히 너희 스파크스가 있어서 나도 만만하게 보이지 않으려고 급하게 대사를 바꿨어. 근데 바꾼 대사로도 이기지 못했으니 아무 의미도 없다. 다음에는 꼭 이길 것이야. 백 드롭 by 마더 테레사.」

그 메시지를 읽으면서 내가 오늘 밤의 라이브 공연을 애써 잊으려 했었다는 것을 새삼스럽게 깨달아야 했다. 천치들은 4위, 스파크스는 6위였다. 관객 투표라서 인기 있는 개그맨이나 관객을 많이 동원한 개그맨이 단연 유리하다고는 생각했지만, 가미야 씨는 육친 이외의 투표는 모두 다 유효하다고 항상 말했다. 인기 콤비와 그 팬들도 원래는 타인이다. 그 타인을 팬으로 만든 건 본인의 능력인데 남들이 이러쿵저러쿵 잔소리할 일이 아니다. 팬의 입장에서는 그날 하루 작품의 완성도가 떨어졌다고 다른 콤비에 투표했다가 만에 하나 좋아하던 콤비가 도태되어 버리면 그들이 아무리 장래성이 있어도 영원히 볼 수 없게 되고 만다. 연애에 있어서 경제력 없는 남자와 사귀는 여자도 무작정 그 남자를 먹여 살릴 생각은 아니다. 언젠가는 제대로 일해서 돈을 벌어올 장래성

불꽃

을 내다보는 것이다. 즉 팬이 그렇게 믿도록 만드는 것도 개그맨의 실력이라는 게 가미야 씨의 견해였다. 그런 말을 들으면서도 나는 그날그날의 완성도로 평가받아야 할 일이라는 생각을 떨쳐버릴 수 없었다. 게다가 가미야 씨는 승리에 집착하는 것처럼 말하면서도 실제로는 이기는 방법에도 자기만의 미학이 있어서 오히려 그 미학에 더 매달리는 것처럼 보였다.

오늘 라이브 공연에서 1위를 차지한 사람은 시카타니, 1년차 일인 개그맨이었다. 그는 생김새가 수려한 편인데 코 밑의 인중만 이상할 정도로 길어서 그 언밸런스로 인해 진지한 표정을 짓는 것만으로도 폭발적인 웃음을 불러일으켰다. 작품 내용은 플립 차트에 다양한 언어의 가장 멋진 사용법을 붙여놓고 그것에 대해 강의를 하는 것이었다. 하지만 차트를 넘기려고 하면 풀을 너무 많이 발랐는지 제대로 넘어가지 않았고, 그때마다 그는 "제발 이러지 마! 밤새워 만들었다고!"라면서 차트에 대고 화를 냈다. 그런 돌발 사고와 그의 인간성이 함께 어우러져 큰 웃음을 불렀다. 그는 스스로도 현재 상황을 파악하지 못한 채 "관객이 돈을 내고 여기까지 찾아주셨는데, 제발 이러지 마!"라고 반쯤 울면서 차트를 향해 화통을 터뜨리다가 부루퉁한 표정인 채 인사를 하고 윙[*]으로 물러갔다.

그는 신기한 남자였다. 처음 봤을 때부터 이름도 밝히지 않고 "나, 도쿠나가 씨 좋아합니다. 잘 부탁합니다"라고 악수를 청했고, 또 다른 날에는 "도쿠나가 씨, 시카타니 군단의 참모님이 되어주십쇼. 천하를 평정해야지요"라고 태연히 말하는 자였다. 그런 사람은 원래 내가 가장 어려워하는 유형이었다. 라이브 공연의 엔딩에서 1위는 시카타니라고 발표되었을 때, 그는 전혀 기뻐하는 기색 없이 "제발 이러지 마! 이런 건 개그도 아니야! 대기실에서 다른 개그맨들한테 미움받으면 당신들이 책임질 거야!"라고 객석을 향해 욕을 퍼부었다. 그의 말과 몸짓에 객석도, 무대 위의 개그맨들도 일제히 배꼽을 잡고 웃었다.

라이브 공연을 되짚어 보면 한이 없었다.

「천치들, 재미있었습니다. 그녀를 꼭 닮은 길가의 수로」

---

[*] 윙 스테이지(wing stage)를 가리키는 말로, 주무대와 측무대 사이에 다리막으로 가려진 공간을 뜻한다.

　　　　　　　　　　　　　　　　　　　　불꽃

그렇게 답신을 보내고 그만 자기로 했다. 선배의 작품에 대해 재미있었다느니 뭐니 평가할 만한 처지는 아니었지만 그건 본심이었다. 하지만 그렇다면 스파크스는 어땠는가. 천치들에게는 스타일이 있다. 우리에게는 있을까. 생각하기 시작하니 불안의 파도가 덮쳐들었다.

이불 속에 들어갔을 때, 다시 가미야 씨에게서 메시지가 날아왔다.

「밤늦게 미안하다. 앞으로 위인이 될 사람도 그런 공연에서 4위를 하는 건가, 하고 생각했다. 10위인 너한테 물어볼 얘기는 아니다만. 에디슨이 발명한 것은 어둠」

그건 가장 생각해서는 안 될 일이었다. 무대에서 잘 풀리지 않았을 때 우울해지는 건 생리적인 현상이니 어쩔 수 없다. 그 우울을 풀 방법은 다음 라이브 공연에서 훨씬 더 큰 웃음을 차지하는 것밖에 없다. 그런 날 밤만은 나와 가미야 씨조차도 서로를 받아들이지 못했다. 도쿄에는 모두가 타인인 밤이 있다.

「10위라니, 6위예요, 6위! 에디슨을 발명한 것은 어두운 지하실」

메시지를 날리고 나는 억지로 눈을 감았다. 가슴팍에

납덩어리 같은 느낌이 아침까지 내내 얹혀 있었다.

거의 날마다 가미야 씨와 함께 어울리는 시기가 있는
가 하면 한동안 만날 기회가 없는 시기도 있었다. 그런
때, 예전에 같이 아르바이트했던 여자가 머리 염색의 연
습 대상이 되어달라고 부탁하길래 가벼운 기분으로 승
낙했다. 어쩌면 나 자신을 조금쯤 바꿔보고 싶었는지도
모른다. 길게 자라버린 머리를 싹둑 자르고 은발로 염색
했다. 머리에 맞춰 의상도 온통 시커멓게 바꾸기로 했
다. 평상복이고 무대의상이고 딱히 구분도 없었기 때문
에 평소에도 그런 차림으로 지내는 일이 많았다.

오랜만에 만난 가미야 씨는 은발의 나를 보고 "헤에"
하는 심심한 반응을 보였다.

그날은 밤 10시쯤에 가미야 씨에게서 「밥 먹었냐?」라
는 연락이 왔다. 그 시간이면 어떻게 대답해야 할지 상
당히 난감하다. 함께 밥을 먹으려고 연락한 것인지, 아
니면 할 얘기가 있는 것뿐인지 얼른 판단이 되지 않는
다. 그러면 그렇다고 솔직히 대답하면 될 일이지만 가미
야 씨가 이미 식사를 했을 가능성도 있었다.

불꽃

가미야 씨는 아무리 돈이 없을 때라도 내게 밥을 사주었다. 그것이 개그맨 업계의 규칙인지도 모르지만, 개그맨으로 벌어들이는 수입도 별로 없고 어쩌다 일용직 아르바이트나 얻어걸리는 정도인 가미야 씨 입장에서 그건 그리 간단한 일은 아니었을 터였다. 호화판 식당은 아니었어도 가미야 씨는 항상 나한테 좋아하는 걸 마음껏 먹으라고 말해주었다. 그런 만큼 마키 씨의 집 주방에 산더미처럼 쌓인 빈 컵라면 용기를 볼 때마다 말문이 막히곤 했다. 돈이 없으면 대부업체에서 대출을 받아다 술을 사주었다. 가미야 씨는 신용카드를 마법이라고 말하곤 했다. 물론 마키 씨가 쥐여준 돈으로 술을 사주는 일도 많았다. 교활함과는 일절 무연한 가미야 씨는 반드시 "마키가 준 돈이야"라고 참회하듯이 털어놓았다. 마키 씨를 생각하면 가슴이 아팠지만, 그런 가미야 씨를 보는 것도 괴로웠다. 무엇 때문에 이렇게까지 해가면서 술을 마셔야 하는지, 스스로도 뭐가 뭔지 알 수 없는 때도 있었다. 이따금 가미야 씨의 연락이 뚝 끊기는 것이 돈과 결코 무관한 게 아니었다고 생각한다. 그런 문제 때문에 가미야 씨와 만날 기회가 줄어드는 게 아닌가

하고 생각하면, 어떻게든 가미야 씨가 돈을 쓰지 못하게 하고 싶었다.

「죄송하지만, 저는 이미 밥을 먹었는데 곁에 함께 있어도 괜찮겠습니까? 성스러운 소매치기」라는 메시지를 입력했다. 휴대전화의 작은 액정 화면에 뜬 그 글자들을 보고 있으려니 실제로 배가 고프지 않은 듯한 마음이 들어서 그대로 송신 버튼을 눌렀다.

「너, 괜히 내 주머니 사정을 걱정해 주는 거 아니냐? 찰떡」이라는 답신이 즉각 날아왔다.

기치조지에서 만나 이노카시라 공원까지 걸었다. 닭꼬치구이집 〈이세야〉 옆의 계단을 내려가 안개가 서린 나무들 사이로 들어서자 번쩍거리는 자동판매기 쪽으로 저절로 발길이 향했다. 가미야 씨가 동전 몇 개를 넣더니 지갑의 동전 칸을 손끝으로 휘젓고 있었다. 내가 지갑에서 10엔짜리 동전을 꺼내 자동판매기에 넣으려고 하자 "놔둬!"라는 일갈이 날아왔다. 가미야 씨는 난감한 표정으로 계속 동전 칸을 휘저었다. 애써 투입한 동전이 시간 초과로 출구로 쏟아져 나왔다. 그래도 가미야 씨는 계속 동전을 찾고 있었다.

"아무리 휘저어도 동전이 솟아나지 않을 텐데요."

"나도 알아! 근데 여기서 너한테 10엔을 넣으라고 하면 더치페이를 한 게 되잖아."

가미야 씨는 그게 진심으로 분하다는 듯이 말했다.

"아니, 나는 녹차를 마실 거라서 10엔이 아니라 30엔을 더 넣어야 하는데요?"

내가 말했다.

"너, 성격 지랄 같다야. 에이, 됐다, 됐어!"

가미야 씨는 포기한 듯 지갑에서 천 엔짜리를 꺼내 자동판매기에 밀어 넣었다.

나나이 다리 위에 서서 연못 너머에 자리한 대형 고급 맨션의 불빛을 바라보며 페트병 녹차를 마셨다.

"맛있냐?"

가미야 씨가 내 눈치를 슬슬 보면서 속삭였다.

"예에, 타임머신이 발명되면 가장 먼저 이 녹차를 들고 센노 리큐*를 만나러 갈 거예요."

---

* 1522~1591. 일본 다도를 정립하고, 오다 노부나가와 도요토미 히데요시를 가르친 다도의 성인.

"어차피 히데요시가 잽싸게 가로채서 마셔버릴걸?"

가미야 씨는 실눈이 되어 웃으면서 말했다.

"그 커피는 어떻습니까?"

"맛있지. 어릴 때부터 뻔질나게 드나들던 내 고향 〈다마루〉 가락국숫집에서 '엄청 맛있네요잉?'이라고 했던 말, 전부 취소야."

공원 서측에서 큰 새의 울음소리 같은 게 들려왔다. 공원 안에 동물원이 있는 것이다.

"추억의 맛일 텐데, 다마루 가락국수도 좋지 않습니까?"

나는 말했다.

"아니, 이 캔 커피에 비하면 전혀 맛있지 않아. 가락국숫집 착한 아주머니, 미안해요."

"짠하네요. 장르도 다른데 양쪽 다 맛있다고 해주셔도 되잖아요."

강하게 불어치는 바람이 앞머리를 거칠게 날렸다. 새의 울음소리에 호응해 어디선가 개가 짖었다.

가미야 씨는 내 은발에 대해, 그리고 모양새가 달라진 옷차림에 대해 이것저것 캐물었다. 나는 은발에 맞는 옷을 고르다 보니 저절로 이렇게 되었노라고 설명했다. 무엇을 입느냐는 것에 필연성을 느끼고 그것을 선택하는 게 중요하다면서 가미야 씨는 내 옷차림에 일정한 이해를 표해주었다. 가미야 씨는 멋 부리는 것에 대해서는 관심이 없었지만, 멋있는 것과 개성적인 것이 동의어처럼 취급되는 점에 대해서는 이의를 주장했다. 얼핏 독특하게 보여도 어딘가에서 유행하는 것이라면 그게 아무리 소수파고 기발한 옷차림이더라도 개성이라고 할 수 없다고 말했다. 맨 처음에 시작한 자의 개성일 뿐, 그 이외의 사람들은 모조리 모방에 지나지 않는다고 했다. 하지만 예외도 있어서, 이를테면 1년 내내 피에로 옷차림을 관철하고자 하는 사람이 있을 경우, 그건 개성이라고 해도 좋다는 말도 했다. 피에로는 누군가 다른 사람이 창조한 것이지만 그것을 평상복으로서 일상적으로 입어내는 것은 이미 오리지널한 발상이라고 단언했다.

"근데 만일 그 피에로가 실제로 여름철에는 더워서 이런 옷차림은 싫다,라고 생각하고 있을 경우, 그건 자기 자신의 모방이 되어버린다고 생각해. 나는 반드시 이러이러해야 한다고 생각하고 그 규범에 바탕을 두고 살아가는 자는 결국 자기 자신을 흉내내는 거잖냐. 그래서 나는 캐릭터라는 것에 저항감이 들더라."

그야말로 가미야 씨다운 말이라고 생각했지만, 그렇게까지 개성에 대해 결벽을 강요하면 스스로 너무 힘들지 않을까. 가미야 씨가 열정적으로 그런 이야기를 하는 걸 보면 그리 힘들지는 않았던 것이리라. 하지만 가미야 씨의 말에는 사명감이 담긴 절절한 울림이 있었다.

"나는 코듀로이 바지를 좋아하는데 유일하게 베이지색 코듀로이는 싫더라고요."

"왜?"

"코듀로이 바지라는 건 세로줄이 잔뜩 들어가 있잖습니까."

"응, 그렇지."

"베이지색은 팽창색*이라서 이게 서로 맞부딪쳐요. 그래서 베이지색 코듀로이 바지를 입고 다니는 놈은 단지 코듀로이를 입고 싶다는 것뿐인, 뭔가 좀 잘못된 놈이라고 생각합니다."

---

* 실제 크기보다 크게 보이는 색.

"세심하기도 하네. 얼핏 나와 똑같은 얘기를 하는 것처럼 보이지만 전혀 다른 얘기를 하고 있잖아."

가미야 씨가 웃으며 말했다. 내가 그렇게 생각하게 된 데는 이유가 있었다. 중학교 때, 고전국어 선생님이 입고 다니던 코듀로이 바지를 구식이고 촌스럽다고 다들 비웃은 적이 있었다. 그때 나는 아무래도 나만의 감각으로는 코듀로이 바지를 촌스럽다고 생각할 수 없었다. 오히려 약간 광택이 나는 그 질감이 멋있기까지 했다. 그래서 헌 옷 가게에서 감색 코듀로이 바지를 구입해 자주 입고 다녔다. 물론 친구들은 내 코듀로이 바지를 구식이라고 우습게 여겼다. 하지만 고등학생이 되었을 때, 복고 붐이 찾아왔고 나를 우습게 여기던 친구들도 당연한 일처럼 코듀로이 바지를 입기 시작했다. 그때의 위화감이 아직껏 잊히지 않는 것이다. 게다가 그 친구가 희희낙락 입고 나온 게 바로 베이지색 코듀로이 바지였다. 그래서 베이지색 코듀로이 바지에 대한 혐오감이 생겨버렸는지도 모른다. 냉정하게 다시 파악해 보려고 해도 '모히칸 머리에 펌프스에 라이더 재킷은 면 소재'라는 것과 비슷한 정도로 전혀 납득이 되지 않았다.

"이제 베이지색 코듀로이 바지 얘기는 그만하자. 중간쯤부터 '베이지색 코듀로이 바지'라는 말의 발음이 입에 착착 붙으니까 자꾸 길게 얘기하고 있는 거지, 너?"

그렇게 말하고 가미야 씨는 비어버린 커피 캔을 쓰레기통에 던졌다.

"북 치는 북 치는 젊은이! 빨간 모자의 젊은이!"

돌연 가미야 씨가 노래를 부르기 시작했다.

"용이여, 눈떠라! 북소리에!"

기묘한 선율이 한밤중의 공원에 울려 퍼졌다.

오랜만에 우리는 기치조지에서 가미샤쿠지이까지 걸어갔다. 거의 매일같이 다녔던 길이라 무척 반가운 느낌이 들었다. 일상적으로 걸어 다닐 만한 거리는 아니다. 버스를 탑시다, 라고 제안을 해도 가미야 씨는 일절 응하지 않았다. 나도 걷는 건 좋아하지만 어디까지나 목적 없는 산책이었기 때문에 날마다 당연한 듯 먼 거리를 걸어 다니는 가미야 씨가 상당히 이상하게 보였다. 우리 옆을 지나가는 자전거를 향해 "저기요, 아버님, 위험하니까 라이트 켜세요!"라고 가미야 씨가 말을 건넸다.

자전거는 아무 말 없이 달려가 버렸다.

"그런 얘기, 굳이 할 거 없잖아요."

하지만 내 말을 듣지 않고 가미야 씨는 라이트를 켜지 않은 자전거가 지나갈 때마다 똑같은 말을 건넸다.

마키 씨의 아파트에 도착했을 때는 무릎의 감각이 거의 사라지다시피 했다. 하늘색 문을 열자 마키 씨가 웃는 얼굴로 맞아주었다.

"도쿠나가 씨, 오랜만이네. 잘 지냈어?"

"네, 오랜만입니다."

"밥 먹고 가, 응?"

마키 씨는 주방에 서서 냄비전골을 준비하기 시작했다. 한때는 매일같이 드나들던 집인데 오랜만이라 그런지 묘한 위화감이 느껴졌다. 가미야 씨가 앉는 위치가 평소와 달랐기 때문이었다. 평소에는 텔레비전을 향해 식탁을 끼고 정면에 앉았는데 오늘은 웬일인지 텔레비전이 오른쪽으로 보이는 자리에서 나와 마주하는 태세를 취했다.

마키 씨가 냄비전골을 내왔다. 마키 씨는 내가 거들어주려고 하면 항상 질색을 했다. "도쿠나가 씨는 먹는 담당이야"라면서 웃는 것이다. 가미야 씨와 마키 씨는 때때로 부부처럼 보이는 일이 있었다.

맥주로 건배를 하고 마키 씨가 두 번째 전골 재료를 가지러 갔을 때, 가미야 씨가 "잠깐 오줌"이라면서 화장실에 갔다. 왜 일부러 "잠깐 오줌"이라는 말을 남기고 가는가, 하는 생각이 드는 것과 동시에 오늘 어째서 가미야 씨가 평소와 다른 자리에 앉았는지, 그 이유를 알아버렸다. 가미야 씨가 앉았던 자리 뒤쪽에 은색 옷걸이가 있었고 그곳에 베이지색 코듀로이 바지가 걸려 있었던 것이다. 이노카시라 공원에서의 대화가 되살아나 나는 순간 파랗게 질렸다. 즉시 자리에서 일어나 화장실 앞에 섰지만 어떻게 해야 좋을지 알 수가 없었다. 안에서는 아무 소리도 나지 않았다. 주방에서는 냄비 끓는 소리가 들렸다.

"다 됐어요."

양손에 두툼한 주방 장갑을 낀 마키 씨가 냄비를 식탁에 차려냈다. 마키 씨는 이상한 곳에 서 있는 나를 보고 피식 웃었지만 말없이 주방으로 돌아갔다. 이런 때, 마키 씨는 무시무시할 만큼 감이 좋은 것이다.

"가미야 씨."

나는 화장실 안을 향해 그를 불렀다. 그리고 가미야 씨도 역시 무시무시할 만큼 감이 좋았다.

"아, 그거, 오사카에서 지내던 시절에 내가 커피점에서 아르바이트를 했잖냐. 상의는 가게 이름이 들어간 검은 에이프런을 입기로 정했는데, 하의는 베이지색이면 뭐든 괜찮다고 하더라고."

가미야 씨의 목소리가 좁은 화장실 안에 메아리쳤다.

"죄송합니다……."

"사과할 거 하나도 없어. 나는 그냥 베이지색 바지가 필요했어. 그래서 코듀로이 말고도 베이지색 바지가 몇 개나 있어."

나는 무슨 말을 해야 좋을지 알 수 없었다.

"아무튼 여러 개가 필요했어. 여름에는 너무 더워서 코듀로이는 안 되잖냐. 그래서 아마 그건 거의 입지도 않았을 거야."

"예에, 그렇죠. 그나저나 베이지색 코듀로이 바지, 다시 보니 역시 멋있네요."

내 말에 화장실 안에서 웃음소리가 들려왔다.

"야, 됐다, 됐어."

가미야 씨가 안에서 물을 내리는 소리가 났다. 화장실에서 나온 가미야 씨는 베이지색 코듀로이 바지를 슈퍼마켓 비닐봉지에 넣더니 "가져가라"라면서 내게 내밀었다. 내가 배낭에 그걸 쑤셔 넣는 사이에 가미야 씨는 냄비전골을 건져 먹기 시작했다. 마침 그 타이밍에, 내내 틀어놓고 있던 텔레비전에서 요란한 음악 소리가 들려왔다. 요즘 한창 인기 있는 젊은 개그맨 그룹이 등장하는 프로가 시작된 것이다. 마키 씨가 말없이 리모컨을 들고 다른 채널로 바꾸더니 "마무리는 죽으로 할까? 아니면 건면으로 할까?"라고 환한 목소리로 물었다. 가미야 씨는 두부를 입에 가득 몰아넣으면서 "부글부글 죽으로 끓여줘"라고 말했다.

불꽃

하얀 입김과 〈이세야〉에서 사온 만두의 김이 공중에서 뒤섞였다. 마지막 한 입을 가득 몰아넣고 이노카시라 공원 입구의 완만한 계단을 내려서자 겨울의 온화한 햇살을 튕겨내지도 못하고 쪽쪽 빨아들이며 나무들이 추워 보이는 표정을 짓고 있었다.

"계절에 따라 분위기가 상당히 달라지는구나."

가미야 씨는 그렇게 중얼거리더니 만두를 감쌌던 포장지를 내게 건넸다.

신주쿠나 시부야에 비해 이 공원에서 흐르는 온화한 시간은 나도 가미야 씨도 마음에 들었다. 따듯한 캔 커피를 사 들고 공원 벤치에 앉아 연못을 바라보았다. 몸에 쌓인 독이 여과되는 듯한 기분 좋은 느낌이었다.

유모차를 끌고 나온 젊은 엄마가 우리 옆 벤치에 자리를 잡았다. 갓난아이가 야수처럼 큰 소리로 울어대서 엄마의 얼굴에는 피로와 곤혹스러움이 드러나 있었다.

가미야 씨는 천천히 몸을 일으켜 유모차로 다가가더니 "귀엽네요"라고 젊은 엄마에게 말을 건넸다. 엄마는 가미야 씨의 그 말을 알려주듯이 아기를 향해 다정한 미소를 지었다. 하지만 아기는 울음을 그칠 기미를 보이지 않았다. 그러자 가미야 씨는 아기 얼굴을 들여다보며 갑자기 시조를 읊듯이 중얼거렸다.

"비구니 스님 오른쪽 눈에 앉은 파리 두 마리."

그 말의 의도를 알 수 없어서 내가 물어봤더니 가미야 씨는 예스러운 말투로 응답했다.

"응, 어제 파리를 소재로 지어본 센류*라네."

"아니, 그런 걸로 웃겠습니까"라는 내 말에는 일절 반응하지 않고 가미야 씨는 아기를 지그시 들여다보며 웃

---

* 풍자와 익살을 담아 5·7·5조, 3구 17음으로 맞춘 일본의 짧은 정형시.

는 얼굴로 계속 '파리 센류'를 읊어댔다.

"은혜 깊은 분 묘석에 앉아 있는 파리 두 마리."

아무래도 농담 삼아 하는 게 아닌 것 같았다. 공포감
에 얼굴이 굳어버린 젊은 엄마에게 가미야 씨는 "아기
가 토실토실해서 좋으시겠어요"라고 다정하게 말을 건
넸다. 그러고는 계속해서 파리 센류를 갓난아기에게 들
려주었다. 약간의 상식적인 배려를 잃지 않는 점 때문에
더욱더 파리 센류의 무서움이 두드러졌다.

"나는 파리고, 그대는 귀뚜라미, 저것은 바다."

"파리 떼들의 정반대편에 있는 건 파리지엔."

"어머님께서 사 오신 메론 선물, 파리투성이."

가미야 씨는 갓난아기가 웃지 않는 게 도무지 이해
가 안 된다는 듯 센류를 한 수 한 수 읊을 때마다 고개
를 갸웃거렸다.

"갓난아기는 파리 센류에는 안 웃는다니까요."

내 말에 가미야 씨는 난감하다는 표정을 보이며 내뱉
듯이 대꾸했다.

"그럼 어디 네가 한 번 해봐."

파리 센류가 정답이 아니라는 건 잘 알지만 나도 갓

난아기를 접해본 경험이라고는 없었고, 아이와 둘뿐이라면 또 모르겠으나 다른 성인이 곁에 있으니 그 시선에 신경이 쓰여 제대로 커뮤니케이션을 취할 수 없었다. 하지만 이런 자리에서 창피해하며 피하는 것 역시 이상한 일이라는 상식도 머릿속에 자리하고 있었다. 나는 마음을 굳게 먹고 갓난아기를 향해 "없다, 없다, 까꿍!"이라고 온 힘을 다해 말해보았다.

하지만 아기는 울음을 그치지 않았다. 그런 나를 가미야 씨가 차가운 눈빛으로 응시했다. 그러거나 말거나 나는 "없다, 없다, 까꿍!"을 몇 번 시도해 보았다. 아기 엄마도 내 몸짓과 갑작스런 열의에 적잖이 썰렁해하는 것이 느껴졌다.

엄마가 품에 안아주자 아기는 드디어 잠잠해졌지만, 가미야 씨는 얼굴빛이 좋지 않았다.

"파리 센류가 뭡니까? 그런 걸로 젖먹이가 웃겠냐고요."

나는 뭔가 대화를 시작하지 않으면 안 된다는 정도의 기분으로 가미야 씨에게 말을 던졌다.

가미야 씨는 "아무리 그래도 네가 한 그건 진짜 재미

불꽃

없었어야"라는 묘한 소리를 했다.

　"아니, 그건 아기들한테 으레 하는 놀이라서 재미가
있네 없네 할 것도 없어요."

　"아니, 그건 재미없었어."

　어쩌면 가미야 씨는 '없다, 없다, 까꿍!'이라는 놀이를
알지 못하는지도 모른다. 아무리 고집 센 발명가나 예술
가라도 자신의 작품을 받아들이는 자가 갓난아기일 때,
여전히 자신의 작품을 일절 바꾸려 하지 않는 사람이 과
연 얼마나 있을까. 과거의 천재들도 가미야 씨처럼 '없
다, 없다, 까꿍!'이 아니라 자신이 온 힘을 쏟아 부은 작
품으로 갓난아기를 즐겁게 해주려고 했을까. 나는 내가
생각한 것을 남들에게 어떻게 전달해야 할지 시행착오
를 거듭하고 있었다. 하지만 가미야 씨는 상대가 누구든
자신의 방식을 결코 바꾸지 않는지도 모른다. 그것은 너
무도 상대를 과신하는 것이 아닐까. 하지만 일절 흔들리
지 않고 자신의 스타일을 끝까지 고수하려는 가미야 씨
를 지켜보면 나 자신이 무척 경박한 인간인 것 같다는
생각이 자꾸 들곤 했다.

대형 연예기획사에서 우리 회사로 후배 몇 팀이 이적
해 왔다. 그들은 우수했다. 자발적으로 그룹을 결성해 소
규모로나마 금세 라이브 공연을 성공시켰다. 우리는 아
직 라이브 공연을 기획해 본 일조차 없었다. 다른 기획
사와 합동으로 하거나 극장 측이 주최하는 라이브 공연
에서 불러주면 나가는 것뿐, 스스로 라이브 공연을 감행
할 지식도 없고 정보도 없었다. 그들의 등장은 내게는 큰
사건이었다. 그들은 잠깐 사이에 사무실 직원과도 스스
럼없이 잘 어울렸다. 직원들 앞에서 일부러 가벼운 입을
놀렸다가 혼이 나고 금세 사과했다. 그 일련의 대화 동

불꽃

안, 직원은 계속 웃고 있었다. 후배들을 꾸짖으면서 직원의 얼굴은 부모가 자식을 바라보는 듯한 표정에 서서히 가까워졌다. 그것은 내가 본 적이 없는 종류의 얼굴이었다. 지난 몇 년 동안, 이 기획사에 소속된 이후로 어떻든 미움을 받지 않으려고 줄곧 일정한 거리를 유지해 왔던 나와는 달리 그들은 즉각 직원이 자신들의 지도자라는 것을 인정했다. 그것은 직원에게 부모로서의 자각을 갖게 해주는 일이기도 했다. 그들 덕분에 개그 팀 사무실은 활기가 돌았다. 소속사에서 정기적으로 라이브 공연을 개최하게 된 것은 나로서도 고마운 일이었지만 우리는 처음으로 다른 누군가와 비교를 당하게 되었다.

지금까지는 실수가 있어도 지명도나 소속사의 책임으로 돌릴 수 있었다. 하지만 이건 지명도에 별 차이가 없는, 같은 소속사 개그맨들 간의 싸움이었다. 라이브 공연에서는 순서대로 작품을 펼쳐 보이고 최종적으로 관객의 투표에 따라 순위가 결정되었다. 우리 개그는 평소와 똑같은 완성도였다. 관객 수와 비교하면 충분하다고 생각했지만, 우리 앞에 출연한 후배들은 대기실까지 들려올 만큼 큰 웃음을 얻어냈다. 집계하는 동안에 나누는 토크에서도 그들은 자신들만의 관계성을 살려 웃음을 만들어내고 있었다. 이런 식으로 관객과 일체가 되는 라이브 공연은 경험한 적이 없었다. 무대 위에서 생기 있고 활발하게 움직이는 그들을 바로 곁에서 목격하면서도 어쩐지 현실감이 나지 않고 관객의 웃음소리도 저 멀리서 들려오는 것 같았다. 내 고막에는 실재적으로 내 숨소리만 울리고 그것이 미묘하게 흐트러질 때마다 지독히 신경이 쓰여 주위의 풍경이 점점 흐릿해졌다. 우리는 출연자 중에서 가장 긴 예능 경력을 갖고 있으면서도 여덟 팀 중에서 6위였다.

라이브 공연 뒤풀이는 시부야의 철판구이집에서 했다. 여태까지 소속사 라이브 공연에서 이런 적극적인 뒤풀이 자리가 마련된 일은 아마 없었는지도 모른다. 마침 주말이기도 해서 가게 안은 젊은이들과 취객으로 들끓었다. 그래도 조용한 것보다는 나았다. 구석에 앉은 내 앞에는 여직원이 앉아 있었다.

"도쿠나가 씨는 오사카 고교 대표 선수로 뽑혔었지요? 축구, 왜 관뒀어요?"

이 직원은 항상 웃는 얼굴로 대해주지만 우리에 대해 털끝만큼도 재미있다고는 생각하지 않으리라. 이 사람에게 나는 이 자리에 존재하지 않아도 무방한 것이다. 어딘가에서, 차라리 축구를 계속했으면 더 행복했을 텐데,라고 가볍게 상상해 볼 정도의 인간밖에 안 되는 것이다. 그리고 그것은 딱히 이 여직원에 한한 일만은 아니었다.

10대 시절, 코미디언이 되지 못한 나 자신의 미래를 걱정하며 고민했던 그 바닥 모를 공포감은 대체 무엇이었단 말인가. 상석에서 구성작가며 무대감독과 술을 마시고 있던 야마시타가 화장실에 다녀오는 길에 내 옆에 다가와 "무대감독님이 한쪽 구석에 박혀 있지 말고 작가에게 인사라도 좀 하라고 하시는데?"라고 속삭이고 자기 자리로 돌아갔다. 그 무대감독님은 이래저래 우리에게 신경을 써주는 착한 분이었다. 나는 맥주가 든 유리컵을 들고 무거운 허리를 일으켜 상석으로 갔다. 이런 날 밤에도 그런 예의를 차려야 하는가. 후배들은 상석의 작가와 무대감독, 그리고 야마시타에게까지 활기차게 돌아다니며 자리의 흥을 돋우고 있었다. 나 자신의 존재가 거기에 찬물을 끼얹지나 않을지 두려웠다. 웃음을 얼굴에 붙인 채 상석으로 더듬어 간 나를 아무도 알아보지 못했다.

나는 어떤 그룹에서도 밀려난 채 좌석도 통로도 아닌, 이름이 붙여지지 않은 장소에서 혼자 우두커니 서 있었다. 나는 무엇일까.

이런 때, 가미야 씨가 주장하는 "사람들이 알아주느냐 아니냐는 것이 다를 뿐, 인간은 모두 코미디언이야"라는 이론은, 틀린 말이라는 걸 잘 알면서도 묘하게 내 마음을 차분히 가라앉혀 주었다. 지금, 명확하게 엄청난 타격을 입으면서 나는 가미야 씨와 함께한 나날을 머릿속에 떠올렸다. 나는 가미야 씨의 밑에서 분명히 제법 성장했다고 실감했었다. 하지만 막상 세상과 접해보니 그게 이토록 담약한 것이었는가. 말이 나오지 않았다. 표정을 바꿀 수가 없었다. 가미야 씨를 만나고 싶어지는 때는 대부분 나 자신을 놓쳐버릴 듯한 그런 날 밤이었다.

며칠 동안이나 가미야 씨에게 만나자고 연거푸 연락해 봤는데 요즘 꽤 바쁜 모양이었다. 마음먹고 밤늦게 전화를 걸었는데도 응답이 없었다. 그다음 날, 가미야 씨에게서 낮 시간에 연락이 와서 기치조지로 나갔다. 이래저래 상의할 일이 많았던 터라 나는 기쁜 마음으로 뛰어나갔다. 하지만 그날, 나는 내 얘기를 하나도 할 수 없었다. 오후 2시쯤, 약속 장소에 나타난 가미야 씨는 옅은 웃음을 짓고 있었지만 뭔가 평소와는 기색이 달랐다.

가미야 씨의 첫 마디는 "내가 참 저기하다야"였다.

"왜 그러십니까?"

"도쿠나가, 지금 마키네 집에 짐 챙기러 갈 건데, 네가 좀 같이 가줬으면 좋겠다."

가미야 씨는 자꾸 시선을 떨구면서 말했다.

"나야 괜찮지만, 왜요, 싸웠어요?"

가미야 씨가 술에 취해 마키 씨에게 엉기는 건 몇 번 본 적이 있다. 하지만 마키 씨가 가미야 씨에게 화를 내는 건 본 적이 없었다.

"마키한테 남자가 생겼어."

"에이, 거짓말."

설마 그럴 리가 싶은 얘기였다. 옆에서 지켜보는 한, 마키 씨는 가미야 씨를 진심으로 사랑하는 것 같았다. 가미야 씨도 이러니저러니 큰소리는 치지만 마키 씨에게 강하게 의지하는 것처럼 보였다. 언젠가 두 사람은 결혼할 거라고 내 마음대로 딱 믿고 있었다.

"나, 진짜 겁이 나서 죽겠다. 너도 마키가 기치조지의 주점에서 일한다는 건 알고 있지?"

"예."

무슨 일일까, 뭔가 불길한 예감이 들었다.

"그거, 사실은 성매매업소였단다. 도쿄 올라오자마

자 기치조지를 지나가는데 주점에 스카우트하고 싶다고
말을 붙여온 사람이 있었대. 그래서 나중에 면접을 보
러 갔는데, 유령처럼 차려입고 서비스해 주는 성매매업
소였다는 거야. 그 여자, 그런 거 도무지 거절을 못 하잖
냐. 그래서 그냥 하라는 대로 했단다."

"그렇습니까……."

이 이야기를 나는 어떻게 받아들여야 하는가.

"유령처럼 차려입고 서비스를 하다니, 그런 설명까지
할 필요가 있냐? 머릿속에서 저절로 상상을 해버리게
되잖냐. 그런 자세한 얘기까지는 듣고 싶지 않았다고,
나는."

이런 때, 상상력이라는 건 자기 자신에 대한 압도적
인 폭력이다.

"진짜 이기적인 말인지도 모르지만, 나 뭔가 심장이
아프다야. 좋아했었는지도 모르겠어. 엄청 좋아했었는
지도. 아마도."

기운이 빠져버린 가미야 씨를 지켜보는 건 괴로웠다.
애써 애매한 말투를 쓰는 건 내 앞에서 감상에 휩쓸리고
싶지 않았기 때문일 것이다.

"도쿠나가, 왜 네가 울어?"

그렇게 말하며 가미야 씨는 웃었다. 나는 아직 울 생각은 없었다. 나는 마키 씨와 함께 있을 때의 가미야 씨를 좋아했었다.

"울기로 해도 너무 빠른 거 아니냐? 이따 밤에 술이라도 한잔하면서 내가 먼저 눈물 욕조에 들어가려고 했는데."

"무슨 목욕탕 얘기하듯이 하지 마시라고요."

괴로웠다.

"눈물로 몸을 씻지도 않고 댓바람에 눈물 욕조에 뛰어들다니, 너는 상식도 없냐?"

"글쎄 목욕탕처럼 얘기하지 말라니까요."

괴롭게 느껴지는 일은 이렇게도 괴로운 것이다.

"최소한 고추와 똥구멍쯤은 울고 나서 욕조에 들어가야 할 거 아니냐."

"문법이 안 맞잖아요. 고추와 똥구멍쯤은 울고 나서, 라니 그게 뭡니까?"

괴롭다는 말이나 개념을 이해해도 괴로움의 강도는 줄어들지 않는다.

"어쩔 수 없으니까 눈물 탕에 눈물 입욕제라도 풀어 넣고 들어가자. 오늘의 입욕제는 눈물색으로 할까?"

"이제 진짜 뭔 소린지도 모르겠네요."

이런 때도 우리는 웃지 않으면 안 되는 것인가.

"나보다 먼저 울다니, 김이 팍 샜네. 너 때문에 내가 울 타이밍을 놓쳐버렸잖아."

가미야 씨는 강한 척하고 있었지만 어딘가 맥 빠진 말투였다. 어디에도 도착하고 싶지 않은 듯한 속도로 북쪽을 향해 기치조지 거리를 걸어가는 우리 옆을 초등학생 아이들이 웃는 얼굴로 지나갔다. 어른이 우는 게 신기했는지 아이들은 내 얼굴을 흘끔흘끔 쳐다보았다.

"자꾸 우니까 내가 너를 괴롭힌 줄 알고 학생주임이 험상궂게 흘겨보고 가잖냐."

가미야 씨는 억지로 웃기려고 하는 것처럼 보였다. 평소에는 이렇게 상황을 설명하는 식의 말들은 사용하지 않는다.

"근데 사귀는 남자가 그 성매매업소 손님이라네? 그자가 업소에 드나들면서 수없이 고백을 했고, 그래서 마키도 점점 좋아하게 됐다는 거야."

가미야 씨는 이런 건 아무 일도 아니라고 생각하고 싶은지, 장난치듯이 얼빠진 바보 표정을 지어 보였다. 마키 씨는 예쁘고 착하니까 사귀고 싶다는 사람은 많았을 터였다.

"무슨 말을 해야 좋을지 모르겠지만, 마키 씨는 가미야 씨를 정말로 좋아했는데 어딘가에서 그런 애매한 관계를 이제 끝내야 한다고 생각했을 거예요."

"뭐, 나도 마키에게 좋아하는 사람이 생긴 거라면 불만은 없어. 나이로 봐서도 그렇고, 내가 어떻게든 해주고 싶었는데 그만 때를 놓쳐버렸다. 이 판국에 내가 괜히 주절주절 군소리 붙이는 것도 쩨쩨한 짓이잖냐. 마키도 다른 선택지는 없었을 거라고 생각한다."

가미야 씨는 양손을 호주머니에 찌르고 발로 땅바닥을 쓰는 것처럼 느릿느릿 걸음을 옮겼다. 우리는 거의 모든 신호등에 걸렸다.

"짐, 전부 다 뺄 거예요?"

"아니, 아직 거처가 정해지지 않아서 다 빼기는 어렵지만, 내일 내가 무대에 설 차례라서 일단 개그 의상하고 갈아입을 옷만 가져오려고. 근데 한 가지 문제가 있

　　　　　　　　　　　　　　　　불꽃

어. 실은 그 남자가 벌써 마키네 집에 와 있어."

"그, 그래요?"

"나를 손님이라고 얘기해 둔 모양인데 그런 집, 거북해서 나 혼자 가기는 좀 그렇잖냐."

"예에, 그렇죠."

그 남자는 다 알고 있는 게 아닐까. 장기간에 걸쳐 돈을 뜯어내 온 최악의 사내에게서 마키 씨를 구해주기로 결심했을 것이다. 그런 의도가 아니라면 동거인이 있는 집에 밀고 들어올 리가 없다. 마키 씨가 이대로 미적미적 가미야 씨를 받아주다가 다시 원래 생활로 돌아가는 걸 막으려는 것이다. 거기에는 마키 씨 자신의 의지도 얼마간 포함되어 있는지 모른다.

"나 혼자 짐 빼러 갔다가 혹시라도 그자가 잔소리를 하면 죽여버릴 것 같아. 그러니까 네가 좀 같이 가줘야겠다."

"네, 둘이 가야 죽이기가 쉽죠."

"야, 말려야지! 말리라고! 말려야 할 거 아냐!"

발언의 중요도와 목소리의 크기가 전혀 맞지 않았다. "그리 재미있지 않은 말에 대한 리액션은 그것에 걸맞은

작은 목소리로 해야 된다"라는 게 가미야 씨의 가르침이
었다.

　가미샤쿠지이까지 걸어가는 동안에 가미야 씨는 나
와 똑같은 이름의 문패를 가리키며 "도쿠나가네? 여기
너희 집 아니냐?"라고 하고, 사이렌 소리를 듣고는 "구
급차인가 했더니 경찰차였어!"라고 소리를 지르고, 평소
에는 생각할 수도 없을 만큼 재미가 없었다.

　"도쿠나가, 미안하다."

　"뭐가요?"

　"그 집에 가는 거, 무섭다."

　"나 혼자 갔다 올까요? 잔소리하면 죽일 겁니다만."

　내 영웅을 상처 입히는 놈은 설령 정의라 해도 증오
할 것이다. 다만 마키 씨를 상처 입히는 것만은 피하고
싶었다.

　"아니, 나도 갈 거야. 그래서 그 남자가 뭔가 잔소리
를 해도 마키를 위한 일이라고 생각하고 꾹 참아야지.
야, 근데 난 불쌍한 것도 비참한 것도 싫어. 그래서 말
인데, 미안하지만 그 집에 들어가면 네가 계속 발기 상
태로 있어줄 수 없겠냐? 감정적으로 위험해지려고 하면

네 사타구니를 쳐다볼 테니까."

"발기 말입니까?"

이 사람이 무슨 소리를 하는 건가.

"선배가 이렇게 힘들 때 이 녀석은 발기하고 있구나, 라고 생각하면 웃음이 터질 거고 그러면 평정심을 유지할 수 있잖냐."

가미야 씨는 여느 때 없이 진지한 표정이었다.

"그거, 나한테 리스크가 너무 큰 거 아닙니까? 혹시 그 남자가 눈치채기라도 하면 두말할 것도 없이 얻어맞을 것 같은데요?"

"얻어맞을 이유로서는 희귀한 사례니까 얼굴에 흉터라도 생기면 두고두고 퀴즈로 낼 수 있잖아."

"그런 거 안 합니다. 이 타이밍에 말하기는 좀 그렇지만, 내가 야한 소재는 별로 좋아하지 않거든요."

"참 여태까지 나하고 잘도 어울려서 놀아줬구나. 아무튼 부탁한다. 일단 도전이라도 해봐."

"예, 알겠습니다."

제자로서 일생일대의 응원을 해주자고 생각했다. 나는 휴대전화로 인터넷에서 여성의 나체 이미지를 검색해 몇 개 눈에 들어오는 것을 저장해 두었다.

잔뜩 긴장한 채 마키 씨네 집의 현관문을 노크했다. 귀를 기울이며 지저분한 하늘색 문짝을 지켜보자니 다른 때와 똑같은 마키 씨의 집인데도 제대로 숨이 쉬어지지 않았다. 안에서 마키 씨의 목소리가 들리고 문이 열렸다.

"아, 도쿠나가 씨도 같이 왔구나. 고마워."

마키 씨는 평소와 다름없는 웃음으로 우리를 맞아주었다. 방으로 들어서는데 내가 입은 상의에서 겨울 같은 냄새가 났다. 방 안쪽, 항상 가미야 씨가 앉았던 자리에 작업복을 입은 남자가 앉아 있었다. 얼굴에 수염을 길렀고 육체노동자인 듯한 체격이었다. 책상다리를 틀고 앉아 드라마 재방송을 보며 태연한 척하고 있었지만 조용히 살기가 피어올랐다. 남자는 우리가 온다는 얘기를 마키 씨에게서 들었던 것이리라. 혹은 둘이서 찾아올 것이라고는 미처 생각을 못했을까.

"실례합니다."

내가 말하자 남자는 말없이 흘끗 이쪽을 보았다. 침착한 그 눈빛에서는 우리를 맞찌를 각오가 엿보였다. 이 사람이라면 믿을 만하다고 나는 생각했다. 가미야 씨는 몇 번이고 마키 씨에게 미안하다고 하면서 큼직한 가방에 짐을 쑤셔 넣었다. 나는 가방만 들고 남자와 가미야 씨 사이에 서 있었다. 가미야 씨를 남자에게서 가려준 것인지 아니면 그 반대인지, 나 스스로도 정확히 알 수 없었다. 마키 씨가 차를 대접하겠다고 했지만 가미야 씨가 사양했다.

"필요한 물건은 대충 다 챙겼고, 미안하지만 나머지는 그냥 버려줘."

가미야 씨가 마키 씨에게 말했다.

나도 모르게 와악 소리를 지르고 싶었다. 나는 가미야 씨의 다정한 목소리에 약하다.

"응, 정리해서 보낼 건 보낼게."

마키 씨는 머리칼이 조금 자란 것처럼 느껴졌지만, 그냥 풀어 내린 것뿐인지도 모른다.

머뭇머뭇 가미야 씨 쪽을 보았다. 내 사타구니를 쳐다보고 있었다. 이 사람은 정말로 천치다. 나는 호주머니에서 휴대전화를 꺼내 저장해 둔 조잡한 나체 이미지를 선택해 들여다보면서 힘껏 흥분해 보려고 시도했다. 하지만 그건 나에게는 그저 익명의 나체에 지나지 않았다. 인간들이 각자 교차하면서 서로의 인생을 연소시키는 지금 이 방 안의 풍경에는 도저히 미치지 못했다. 가미야 씨는 아직도 내 사타구니를 쳐다보고 있었다. 저 남자의 각오를, 마키 씨의 마음을, 가미야 씨 나름의 서툰 다정함을, 이 아름다운 세계를 나는 망쳐서는 안 된다. 어떤 열정에서 나온 것인지 내 사타구니가 희미하게 반응을 보였다. 그것을 본 가미야 씨가 풋 하고 웃음을 터뜨렸다.

"자, 그럼 갈게."

가미야 씨는 그렇게 말하고 우뚝 선 채로 흰색 올스타 컨버스 운동화를 신었다.

"실례했습니다."

내가 먼저 문 밖으로 나섰다.

"이래저래 미안했다. 고마워."

가미야 씨가 말하자 마키 씨는 말없이 사팔눈을 하고 혀를 쑥 빼물었다.

가미야 씨는 "장난치지 마!"라고 웃으면서, 붙잡은 문을 놓았다. 웃는 얼굴의 마키 씨가 그 문을 받아 잡으면서 "건강하게 잘 지내"라고 말하더니 가만히 문을 닫으면서 마지막으로 다시 괴상한 얼굴 표정을 지어 보였다.
가미야 씨가 "그만해"라는 말을 마치는 것과 동시에 문
이 조용히 닫혔다. 겨울바람에 휘날리면서 나는 세상 밖
으로 쫓겨난 듯한 기분이었다. 발걸음을 떼자마자 가미
야 씨는 배를 잡고 웃었다.

"너, 뭘 발기해 가면서 울고 있어? 성욕 강한 아기
냐?"

"자기가 하라고 해놓고서."

이제 두 번 다시 이 집에 올 일은 없으리라. 어쩌면
가미샤쿠지이에도 올 일이 없을지 모른다. 이 풍경을 소
중히 간직하자고 마음먹었다.

"너, 마키네 집에서 거기 슬쩍 만졌지? 그건 비겁하
잖아!"

"어쩔 수 없잖아요. 존경하는 형님과 다정하게 대해
주신 형수님의 이별이에요. 그런 상황에서 화소가 거친
사진만으로는 진짜 어렵다고요."

나는 과연 가미야 씨에게 도움이 되기는 했을까.

그 뒤로 마키 씨와는 몇 년 동안이나 만난 적이 없었

다. 딱 한 번, 이노카시라 공원에서 마키 씨가 어린 사내아이의 손을 잡고 걸어가는 것을 보았다. 나는 엉겁결에 뒤로 숨어버렸다. 마키 씨는 약간 살이 쪘지만 예전 모습이 충분히 남아 있어서 정말로 아름다웠다. 그 얼굴에 압도적인 웃음을, 모두를 행복하게 해주는 웃음을 짓고 있어서 정말로 아름다웠다. 나나이 다리를 사내아이의 걸음걸이에 맞춰 천천히, 천천히 걸어갔다. 그 아이가 그 작업복 남자의 아이인지 어떤지는 알지 못한다. 단지 마키 씨가 웃는 모습을 한 번이라도 볼 수 있어서 나는 무척 행복했다. 누가 뭐라고 하건 나는 마키 씨의 인생을 긍정한다. 나 같은 자에게 뭔가를 결정할 권한 따위는 없겠지만, 이것만은 인정해 주었으면 한다. 마키 씨의 인생은 아름답다. 그 무렵, 만신창이에 흙투성이였던 우리에게 마키 씨 역시 만신창이이면서도 온 힘을 다해 웃어주었다. 그런 마키 씨에게서 아름다움을 벗겨낼 수 있는 자는 결코 없다. 마키 씨와 손을 맞잡은 그 사내아이는 세상에서 가장 행복해지리라. 마키 씨의 웃는 얼굴을 가장 가까이에서 볼 수 있으니. 부러웠다. 정말로 부러웠다. 나나이 연못에 초여름 햇빛이 반사해 무수한 빛

　　　　　　　　　　　　　　　　　　　불꽃

의 입자를 튕겨내고 있었다. 가미야 씨는 "왜 연못에 풍덩 뛰어들어 마키를 폭소하게 해주지 않았냐?"라고 할지도 모른다. 하지만 그 풍경을 깨뜨릴 방법을 나는 알지 못했다. 누가 뭐라고 하건 마키 씨의 인생은 아름답다. 그 사내아이는 세상에서 가장 행복해질 것이다. 그 광경을 본 것은 가미야 씨와 내가 가미샤쿠지이의 집에 갔던 그날로부터 10년도 더 지난 다음이었다.

가미야 씨는 마키 씨의 집에서 나온 뒤, 지인들의 거처를 전전하다가 결국 이케지리 대교와 산겐자야 중간쯤의 미슈쿠 쪽 단칸방에서 살기 시작했다. 도심에서 멀리 떨어진 곳들까지 포함해, 나도 함께 여기저기 찾아다녔는데 좀체 좋은 물건이 구해지지 않았다. 반년 가까이 지나 그만 포기하려던 참에 드디어 시부야에서 그리 멀지 않은 곳에서 싼 집을 찾은 것이다. 그 시기에 우리는 반쯤 정신이 나갔었다. 마키 씨를 잃은 상처가 내게도 깊숙이 파여 있었다. 둘이서 똑같은 유니폼을 맞춰 입고 시부야 탁구장에서 밤새 탁구를 쳤다. 술집에 가서 말도

나누지 않은 옆 사람의 술값을 대신 내주고, 미묘한 표
정으로 나가는 그 사람을 관찰하기도 했다. 노래방에 가
서 나가부치 쓰요시*와 요시다 다쿠로**의 노래를 번갈
아 열창하기도 했다. 도시락을 싸들고 다치카와의 쇼와
기념 공원에 피크닉도 갔다. 그 무렵, 가미야 씨가 폭 빠
져 있었던 개그는 바지를 벗고 "신인의, 신인의, 신인의
등용문!"이라면서 몸을 빙그르르 뒤집어 나에게 강제로
항문을 내보이는 것이었다. 가미야 씨의 대출금은 점점
쌓여갔다. 나는 고엔지 편의점 아르바이트를 내내 놓지
못했기 때문에 그런 가미야 씨를 보면서 나도 참 약아빠
진 놈이구나, 하고 나 자신이 싫어지기도 했다. 도쿄에
서 먹고 살아가는 데 필요한 최저한의 수입을 얻기 위해
일을 하는 건 당연하지만, 거기에 개그맨으로서 버는 알
량한 수입을 더해도 동 세대의 평균 연봉에는 한참 못
미쳤다. 일을 해도 해도 비참한 기분이 해소되지 않을
거라면 아예 가미야 씨처럼 하루 스물네 시간 개그맨으

* 1980년대부터 2000년대 초반에 활동한 가수. 1993년 발표한 곡 〈RUN〉이 대표적
으로 있다.
** 1970년대부터 2010년대에 활동한 가수. 일본 음악계에서 마이너에 속했던 포크
와 록을 주류로 만들었다.

로 사는 모습이 더 고결하다는 생각이 들기도 했다. 하지만 거기에는 상당한 용기와 각오가 필요했다.

이케지리 대교의 〈마루쇼〉 슈퍼마켓에서 저렴한 반찬 몇 개를 사 들고 거기서 두 시간 가까이 걸어 가미야 씨와 후타코타마가와의 강변 부지까지 나갔다. 내가 캔 커피를 계속 오른손에 들고 가는 것을 보고 가미야 씨가 말했다.

"야, 참 대단한 게, 날이면 날마다 캔 커피를 들고 다니면 오른손이 캔 커피 홀더 모양으로 진화한다잖냐."

"뭐, 나름대로 편리하겠지만 캔 커피 사이즈의 펜밖에 잡지 못하니까 글씨 쓰기는 힘들겠는데요?"

그렇게 나는 대답했다. 먹을 것은 내 배낭에 넣어왔다. 튀김 냄새가 배낭에 밸 거 같으니까 가까운 데서 먹어 치우자는 내 제안을 가미야 씨는 단호히 거절했다.

"원래 식욕을 돋우는 좋은 냄새인데 그게 배낭에서 나면 당장 지독한 냄새라고 하는 건 인간의 착각이야."

납득할 수 없다는 표정의 나를 향해 가미야 씨는 "괜찮탕탕! 괜찮탕탕!"이라고 몇 번이나 끈질기게 말해댔

불꽃

다. '괜찮탕탕!'이라는 괴상한 말은 상대에게 반론을 해봤자 소용없다는 피로감을 주는 데는 안성맞춤인 말이었다. 이것 또한 가미야 씨의 발명품인지도 모른다.

가미야 씨와 함께 있으면 일상에서는 쓸 일이 없는 어딘가의 한정된 신경이 지독히 피폐해졌지만 세상의 번거로움을 잠시 잊게 해주는 경우도 많았다. 가미야 씨 앞에서 나는 평소보다 현격하게 말이 많아졌다. 물어보고 싶은 것이 아주 많았다. 이 사람은 모든 답을 알고 있다고 신뢰하는 구석이 나에게 있었던 것이리라.

고마자와대학역을 지났을 때쯤이었던 것 같다.

"가미야 씨는 남의 의견 같은 건 전혀 신경 쓰이지 않아요?"

나는 그런 질문을 했다.

몇 번 그 비슷한 질문을 한 적이 있었던 것 같기는 했지만, 그즈음 극장 무대에 설 기회가 많아지면서 예전보다 주위에서 나에 대해 이러쿵저러쿵 평가하는 말들이 자주 들려왔기 때문이다.

"혹평을 들으면 화는 나지만 나는 별로 신경 안 쓰여."

"그렇지요? 근데 인터넷에 악플이 달려도 그냥 무덤 덤해요?"

그 무렵, 내게도 그런 일이 일어났던 것이다. 다른 개그맨들은 "직업이 직업이니만큼 어쩔 수 없다"라고 했다.

"아, 그런 거? 나, 그런 거에 무심한 것처럼 보이지?"

"예."

"나도 한가할 때 자주 들여다봐. 그거, 헛소리도 많더라."

가미야 씨는 얼굴을 찌푸리며 말했다.

"그렇죠?"

내가 먼저 질문했으면서도 그런 이야기를 하는 게 겁이 났다. 가미야 씨가 그런 어처구니없는 댓글 따위는 깨끗이 부정해 주었으면 했던 것이다. 하지만 가미야 씨의 말투를 들어보니 약간은 여유가 느껴져서 지금 내가 그의 말을 받아들이는 게 가능할지 불안해졌다.

"험담만 늘어놓는 악플에 섣불리 반론을 하면 그런 자들과 똑같은 수준이 되니까 아예 상대를 안 하는 게 낫다고 말하는 놈들이 있잖냐. 너는 그거, 어떻게 생각해?"

불꽃

아마도 나는 그런 놈일 터였다.

"근데 말이다, 수준이라는 게 대체 뭐냐? 애당초 우리는 다 거기서 거기야. 수준 차이 같은 건 없어. 일단 잘못된 인간이 있으면 그거 별로 재미없다고 가르쳐줘야지. 남이 싫어할 일은 하면 안 된다고 유치원에서 배웠잖냐. 내 자랑은 아니다만, 나는 유치원에서 배운 것만은 확실하게 잘 지킨다고 생각한다. 아, 전부 다는 아닐지도 모르겠지만 말이지. 고맙습니다, 미안합니다, 잘 먹겠습니다, 잘 먹었습니다, 그런 거 똑똑히 잘 챙기거든. 내가 초등학교에서 배운 건 거의 못 지킨다만, 그런 나를 바보로 여기는 놈들, 대개가 유치원에서 배운 것도 제대로 못하는 멋대가리 없는 놈이야."

그럴지도 모른다.

"인터넷에서 남을 아예 인간쓰레기라는 식으로 악플 다는 놈들이 엄청 많지? 작품이나 발언에 대한 정당한 비판이라면 뭐, 어쩔 수 없어. 그래도 막상 그런 말 들으면 힘은 들지만 말이지. 창끝이 나한테로 던져지면 아프지, 당연히. 오히려 주먹으로 얻어맞는 게 더 나을 정도야. 근데 이상하게 그런 아픔에는 견디지 않으면 안 된

다고들 하잖냐. 분명 지독하게 아픈데. 자살까지 하는
사람도 있는데."

"예에, 나도 잘못됐다고 생각해요."

"근데 말이다, 그게 그자가 그날 밤을 살아내기 위한
유일한 방법이라고 한다면 그런 댓글, 뭐 달아도 좋다고
난 생각해. 내 인격이고 인간성이고 다 부정하고 침해해
도 좋아. 힘들기는 하지만 뭐, 견뎌야지. 내가 가장 상처
입을 말들로만 골라서 댓글 달라고 해. 물론 엄청 화가
나기는 하지. 근데 말이다, 분명하게 화는 내야 해. 그
냥 흘려 넘길 게 아니라, 그 심정은 이해한다느니 뭐니
어린애 속임수 같은 거짓말 해가면서, 쩨쩨하게 공감 구
걸해 가면서, 동지라는 식의 가면을 둘러쓰고 용서해 주
려고 할 게 아니라 비방과 중상中傷에 대해서는 정면으로
맞받아쳐야 한다고. 물론 엄청 피곤한 짓이지. 반론에
익숙해져 버린 놈들도 엄청 많으니까 진짜 피곤한 짓이
야. 남을 상처 입히는 행위라는 게 그때 그 순간에는 속
이 뻥 뚫리는 거잖냐. 근데 딱 한순간이야. 그런 것에 안
주해 버리면 그자의 상황이 좋은 쪽으로 변화할 일은 없
어. 남을 끌어내리는 것으로 현재의 자신에 대해 안심하

려는 방법이니까 말이야. 그러는 동안에 계속 자신이 성장할 기회를 잃어버리는 거라고. 불쌍하지 않냐? 그런 놈들, 사실은 피해자야. 나는 그거, 완만한 자살로 보이더라. 마약중독하고 똑같아. 마약은 절대로 하면 안 되지만 만일 중독된 놈이 있다면 누군가 옆에서 도와줘서 끊도록 해야 하잖냐. 그러니까 확실하게 말하지 않으면 안 돼. 너는 지금 가장 간단하고 편한 방법을 선택해 버렸다, 근데 그거 시간 낭비다, 잠깐 옆길로 샜더라도 거기서 얼른 빠져나오지 않으면 너한테 미래는 없다, 라고 말해줘야지. 재미 하나도 없으니까 당장 끊어라, 라고."

하지만 그런 사람들과 정면으로 맞부딪쳐 봤자 나 자신에게는 아무런 득도 없다.

"너는 그런 거, 신경 쓰이냐?"

"나는 관객이 적어낸 의견 같은 게 상당히 신경이 쓰입니다."

"극장 무대에 와준 고객의 의견 말이지? 인터넷은?"

"신경 쓰입니다."

재미있는 것을 하고 싶어서 이 세계에 들어왔는데 재미있지 않다는 말을 들으면 그건 내 존재의 의미가 걸린 일이다.

"주위의 평가에 신경 써봤자 나만 피곤할 뿐이야. 극단적으로 말해서, 거기에 적어낸 것 때문에 네가 하는 공연 내용이 달라지냐?"

"전혀 달라지지 않습니다."

"그렇지? 우리가 그렇게 빠릿빠릿하지는 못하잖냐. 내가 좋아하는 개그를 하고, 그게 재미있었으면 밥 먹고 사는 거고 재미없었으면 도태되는 거야. 그냥 그것뿐이야."

그냥 그것뿐이어야 할 터였다. 가미야 씨는 지금도 그냥 그것뿐일까. 나는 어떤가. 스스로도 알 수 없을 때가 있다.

후타코타마가와 강변 부지에 도착했을 즈음에는 서쪽 하늘의 꼭두서니 빛에 우리 머리 위의 구름까지 똑같이 물들어 있었다. 가미야 씨와 나란히 앉아 차갑게 굳어버린 튀김과 감자샐러드를 먹었다. 배낭의 지퍼를 살짝 열고 가미야 씨의 코끝에 대줬더니 내용물의 냄새를 코로 들이마시자마자 "우웨에에엑" 하고 힘차게 헛구역질을 했다.

가미야 씨는 자신의 치부나 결점을 일부러 드러내는 면도 적지 않았지만 일부 사람에 대해서는 붙임성이 매우 뛰어난 일면이 있었다. 특히 한번 친해진 사람에 대해서는 기이할 만큼 애정을 보였다. 그래도 나는 가미야 씨에 대한 공포감이 끊임없이 있었다. 가미야 씨가 아무리 내게 다정하게 해줘도 가미야 씨의 사고방식이나 재미에 대한 자세에서 번번이 뒤처지는 일이 많았다.

그날은 세타가야 공원을 함께 걷고 있었다. 주변의 나무들은 온통 가을빛으로 물들었는데 단풍나무 한 그루만 왠지 아직도 초록 잎을 매단 채 서 있었다.

"선배님, 이 단풍나무만 아직 초록색이네요."

내 말에 가미야 씨는 즉각 대답했다.

"새로 들어온 담당자 아저씨가 칠하는 걸 깜빡 잊은 모양이지."

"신에게도 그런 부서가 있습니까?"

"아냐. 작업복 입은 아저씨 말이야. 한쪽 양말에 구멍 난 아저씨, 앞니 빠진 아저씨."

그 말투에 아주 조금 분노가 포함된 것처럼 느껴졌다.

"도쿠나가, 내가 하는 말이 현실적이 아니면 너는 항

상 네 상상력을 더해 보완하려고 하지? 그게 너의 재능
이기도 하겠지만 그래서는 너무 판타지가 되어버리잖
냐. 지나치게 미화한다고. 내가 이상한 말을 해도 너는
그걸 이상하다고 생각하면 안 돼. 전부 다 현실이야. 단
풍나무에 색을 칠하는 건 한쪽 양말에 구멍이 난 아저
씨, 앞니 하나 빠진 이 공원 담당자 아저씨야. 딸이 관
악대管樂隊로 유명한 사립고등학교에 가고 싶다고 하니까
열심히 땀 흘려가며 일하는데 막상 그 딸한테서는 냄새
난다고 괜히 미움받는 그런 아저씨."

"그렇군요."

나는 그렇게 대답할 수밖에 없었다.

"새로 들어온 신께서 칠하는 걸 깜빡 잊은 단풍나무
와 추레한 공원 담당자 아저씨가 칠하는 걸 깜빡 잊은
단풍나무, 어느 쪽이 더 칠하는 걸 깜빡 잊었겠냐? 어느
쪽이 더, 지금 여기에 뿌리를 내리고 있어?"

"분명 담당자 아저씨 쪽입니다."

"거봐, 그렇잖아!"

"왜 갑자기 화를 내십니까."

마지막 부분에 일부러 화난 척해서 처음부터 화났던

게 아닌 척하고 있었지만, 자신의 상상을 중간에 비틀어 버린 것에 대해 가미야 씨는 진심으로 화가 났었다고 생각한다.

그런 때 나는 다시 일어설 수 없을 만큼 큰 한 방을 얻어맞았다. 발상이 좋으냐 아니냐는 것이, 일상에서 먼 곳까지 날려 보낸 비거리飛距離도 아니고, 받아주는 쪽이 알 만한 자리에 정확히 떨어뜨려 주는 기술도 아니고, 이론을 빼버리고 순수하게 재미있는 쪽을 고르는 감각에 의지하는 것이라면 나는 가미야 씨를 영원히 따라잡을 수 없다.

단풍나무의 뿌리 근처에서 푸르스름한 냄새가 났다. 조용히 흔들리는 나무들이 가로등 불빛을 받아 땅바닥에 그림자를 만들었다. 나는 공원 풍경을 바라보며 자칫 팽팽히 굳어버리려는 내 얼굴을 두 손으로 비볐다.

어느 날, 모르는 번호로 전화가 걸려왔다. 평소에 하던 대로 나는 전화를 받지 않았다. 그러자 부재중 전화에 "나, 오바야시. 이거 듣는 대로 전화 좀 해줘"라는 음성 메시지가 남겨져 있었다. 가미야 씨의 파트너다. 젊은 개그맨 세계에서는 자신의 파트너와 친하게 지내는 후배와는 되도록 가까이하지 않는다는 불문율이 있었다. 물론 절대적인 규정은 아니다. 그렇게 하는 게 이래저래 관계가 수월하게 유지된다는 것뿐이다.

오바야시 씨와는 고엔지역 앞에서 만나 가까운 닭꼬치구이집으로 갔다. 기름과 연기로 꾀죄죄해진 작은 텔레비전에서는 버라이어티쇼 프로가 흘러나오고 있었다.

"요즘, 경기 좋던데?"

오바야시 씨는 맥주를 단숨에 비우더니 당장 두 잔째를 주문했다. 그 술버릇에 대해서는 가미야 씨가 "그 녀석, 자기를 뽀빠이인 줄로 알잖냐"라는 식으로 내게 얘기해 준 적이 있었다. 나는 뽀빠이가 술을 마시는지 어떤지, 그것까지는 알지 못한다.

"살림살이는 전혀 달라진 게 없어요. 아, 그보다 오바야시 씨, 오늘 게다*는 안 신고 오셨습니까?"

"아니, 나는 게다 신고 다닌 적 없어!"

오바야시 씨는 항상 큼직한 워크 부츠를 신고 다녔다.

* 두 개의 끈을 달아 발가락을 꿰어 신는 일본의 나무신.

불꽃

"개는 전봇대에 묶어놓고 오셨습니까?"

"나를 대체 누구로 착각하는 거야!"

오바야시 씨는 가미야 씨와 달리 본바탕 목소리가 컸다.

"아, 그보다 이렇게 사람들 눈에 띄는 곳에 계셔도 괜찮습니까?"

"아니, 누가 나를 알아보겠냐고!"

나는 오바야시 씨를 만나면 반드시 사이고 다카모리[*]를 만나 대화한다는 것으로 설정해 두었다. 벌써 5년 넘게 그러고 있는데 오바야시 씨는 아직도 자신이 사이고 다카모리라는 걸 알아채지 못했다. 즉 오바야시 씨와 나는 그런 정도의 거리를 유지하는 사이로 딱히 친하게 지낸 건 아니지만, 감이 둔한 것까지 포함해 나는 그가 정말 좋았다.

"너, 그거 알아? 가미야가 이제 진짜 옴짝달싹 못할 만큼 대출 빚이 쌓였어."

오바야시 씨는 말하기 난감하다는 표정과는 어울리지 않게 큰 목소리로 말했다.

---

[*] 1828~1877. 파란의 일생을 보낸 에도·메이지 시대의 정치인. 사쓰마번 출신으로, 큰 몸집과 부리부리한 눈이 특징이다.

"그렇겠지요."

가미야 씨가 놀아대는 방식을 곁에서 지켜봤기 때문에 어느 정도 예상은 했었다. 대부업체에 들렀다가 식당에 가는 일도 많았고 술집에서 낯선 사람의 밥값까지 대신 내주는 일도 있었다. 가미야 씨는 마키 씨와 헤어진 뒤로 마치 고삐가 풀린 것처럼 망가져 갔다. 자신에게 고통을 가하지 않으면 속이 가라앉지 않는 피학적 취미로 느껴질 정도였다.

"그 녀석이 네 앞에서는 지나치게 멋진 척하는 게 있어. 그것도 그 녀석의 재미있는 부분이라고는 생각하지만, 이대로 가다가는 결국 코미디언이 못 되고 끝나는 거 아닌가 진짜 걱정된다."

오바야시 씨도 후배에게 그런 말은 하고 싶지 않았을 것이다. 가미야 씨는 독단적이기는 해도 나에게는 항상 진지하게 대해주던 사람이다.

"죄송합니다. 제가 항상 얻어먹기만 하고……. 앞으로 저와 함께 있을 때는 돈을 못 쓰도록 하겠습니다."

오바야시 씨는 입을 꾸욱 깨물었다.

"아니, 너는 전혀 잘못한 거 없어. 가미야가 네 이야

불꽃

기할 때, 엄청 흐뭇해 보였는데 뭘."

그렇게 중얼거리는 오바야시 씨를 보면서 나는 가미야 씨의 파트너는 이 사람이 아니면 안 된다고 절실히 생각했다. "그나저나 인기 좀 얻었으면 좋겠다"라는 오바야시 씨의 드물게 작은 목소리는 못 들은 척했다.

"엇, 시카타니 나왔다!"

오바야시 씨가 텔레비전을 보며 말했다.

"요즘 자주 나오네요."

나도 고개를 돌려 텔레비전을 올려다보았다.

시카타니가 예능 프로에 나갔을 때 거물급 MC는 그가 최고의 장난감玩具이 되겠다는 것을 순식간에 발견했고, 덕분에 시카타니는 그쪽에서 재능을 마음껏 꽃피우며 눈 깜짝할 사이에 시대의 총아가 되었다. 그는 감정을 폭발시키는 것으로 그 자리의 모든 사람들에게서 바보 취급을 당하는 재능이 있었다. 무슨 일을 하건 반드시 꼴찌였다. 그런 그를 많은 사람들이 필요로 했다. 그는 버라이어티쇼 프로에서 누구보다 많이 웃고 울며, 잠시도 의자에 앉아 있지 못할 만큼 요란하게 움직였다. 초밥에 대량의 고추냉이를 넣고 깜짝 카메라를 설치했을 때는 "음식을 이런 식으로 다뤄서는 안 된다"라고 자못 진지하게 주장하고, 방송에서 미리 잠복시킨 여자와 사랑에 빠지는 깜짝 카메라에 걸렸을 때는 "사랑을 우습게 만들지 마라"라고 낯간지러운 기색도 없이 말했다. 그는 누구에게나 사랑받았고 다양한 것들이 허용되었다. 똑같은 것을 해봤자 어느 누구도 그를 이길 수 없었다. 시카타니에게는 한시도 눈을 뗄 수 없는 강렬한 애교가 있었다.

미소를 지으며 텔레비전을 보고 있던 오바야시 씨가 혼잣말처럼 중얼거렸다.

"지금까지 우리가 해온 100편 가까운 개그를 시카타니는 태어나는 순간에 이미 뛰어넘었는지도 모르겠다."

그 잔인한 말에 나도 모르게 고함을 지를 뻔했다. 표정을 바꾸지 않고 어금니를 악물었다. 어금니를 아예 부숴버리고 싶었다. 맥주가 원래 이런 맛이었던가.

불꽃

가미야 씨가 서른두 살 생일을 맞이한 직후, 나는 축하 메시지를 보냈다. 즉각 돌아온 메시지를 열어보니 「처음 만났을 때 네 살 차이였는데 아직도 네 살 차이라는 것에 화들짝 놀랐다」라고 적혀 있었다. 연달아서 다시 휴대전화가 부르르 울렸다. 「요즘 바쁜 모양이던데, 내 전기는 잘 쓰고 있냐?」라는 메시지였다.

「물론 쓰고 있습니다.」

'가미야 전기'라고 제목을 붙인 노트가 이제 열 권을 넘어섰다. 처음에는 가미야 씨와 관련된 얘기만 써넣는 노트였는데 요즘에는 개그 대본이며 잡다한 감상까지 더해져 이제 내 일기장처럼 되어 있었다.

다시금 가미야 씨에게서 메시지가 도착했다. 생일을 혼자 쓸쓸하게 보내고 있었는지도 모른다.

「그 전기, 재미없지?」

「재미있게 해주십시오.」

「가능할까?」

「다음 도지사 선거에 입후보하시지요.」

「그런 거, 누가 웃겠냐.」

가미야 씨는 전에 없이 심약한 분위기였다. 혼자서 횟술을 마시고 있었는지도 모른다. 그럴 거면 좀 더 일찍 나를 불러줬으면 좋았을 텐데. 생일에는 그쪽 소속사 후배들과 축하 자리를 가질 것 같아 나도 나름대로 조심스러웠다. 소속사 후배들 틈새에서 내가 위축되어 아무것도 못하고 있으면 아무래도 가미야 씨가 신경이 쓰일 것 같았다.

그즈음 우리는 젊은이들에게 인기 있는 심야방송에서 개그를 펼칠 기회를 얻었다. 스파크스를 '주목해야 할 젊은 팀'으로 잡지 등에서도 다뤄주었다. 길을 걸어가면 사람들이 알아보는 일도 많아졌다. 나는 스물여덟 살이 되어 있었다. 그래도 일반인에게는 거의 무명에 가까워서 열성적인 개그 팬들이나 겨우 알아보는 정도였다. 미용실에서 직업을 묻길래 개그맨이라고 했더니, 연하의 여자가 "와아, 개그맨이 꿈이군요. 내가 아는 사람도 연습실에 다니는데"라고 했다. 어쩔 줄 모르고 기묘한 웃음을 얼굴에 붙인 채 거울 속의 내 꼴을 바라보는 것은 다른 개그맨들과 전혀 다를 게 없었다.

나도 모르는 사이에 후배는 점점 불어났다. 처음에는 이적해 온 후배들만의 폐쇄적인 공간에 들어서지 못해 곤혹스러웠지만, 소속사의 라이브 공연이 거듭될 때마다 서서히 그들과도 스스럼없는 사이가 되었다. 주위 개그맨들과 이야기하다 보면 가미야 씨가 얼마나 특수한 인물인지 깨닫게 되는 일이 많았다. 가미야 씨는 이상이 높고 자기 스스로에게 부과하는 것도 컸다. 가미야 씨와 농밀한 시간을 보내는 것을 통해 나는 코미디언의 세계를 알아내려고 했다. 하지만 가미야 씨 자신도 나를 캔버스 삼아 자신의 이론을 색칠해 왔던 것인지도 모른다. 가미야 씨의 재능과 매력에 의심을 품은 적은 없었다. 다만 지나치게 강한 그 신념에 이따금 숨이 막히는 듯한 느낌이 들곤 했다. 나는 가미야 씨 이외의 누군가와 대화를 나누기 전까지는 나 자신이 질식할 것 같은 상태였다는 것조차 깨닫지 못했었다. 오바야시 씨는 가미야 씨가 내 앞에서는 지나치게 멋진 척한다고 말했다. 선천적으로 가미야 씨가 타고난 요소도 물론 있겠지만, 살아가기가 힘들 만큼 환상이 거대해져 버린 점에 대해서는 나도 공범 관계였는지 모른다. 타인의 평가 따위 신경 쓰지 않는다는 가미야 씨의 태도나 수많은 발언은, 패배하고서도 패배하지 않았노라고 고집을 부리는 것처럼 보여 주위 사람들은 겁을 내고 멀리했다. 공포의 대상은 배제하지 않으면 안 되기 때문에 그것을 세상은 비웃음과 조롱의 타깃으로 삼는다. 시장에서 일탈해 버린 어리석음을 비웃는 것이다.

〈Zepp 도쿄〉에 젊은 친구들을 불러 모아 두 편씩 개그를 펼치게 하는 이벤트 공연이 개최되었다. 텔레비전이나 공연 관계자들을 향한 젊은 개그맨의 견본시장이라는 취지였다. 첫 번째 개그로 천치들은 큰 웃음을 얻어냈다. 그리고 두 번째 개그는 첫 번째와 완전히 똑같

불꽃

은 내용의 대화를 스피커를 통해 들려주고 두 사람은 입만 뻐끔거리며 동작을 보여준다는 내용을 연출했다. 말하자면 립싱크였다. 스피커의 목소리와 두 사람의 동작이 미묘하게 어긋나면서 큰 위화감을 낳고 신기한 웃음을 이끌어냈다. 중간에 오바야시 씨가 가미야 씨의 머리를 세게 때리자 가미야 씨는 손으로 머리를 부여잡고 개그를 중단했다. 그래도 스피커에서는 두 사람의 경묘한 대화가 멈추지 않고 흘러나왔기 때문에 시각과 청각의 연동성連動性을 잃은 관객들에게서 그날의 공연에서 가장 큰 폭발적인 웃음이 터졌다.

하지만 이벤트 엔딩에서 심사위원장은 "일부 음향을 차용해, 코미디가 아닌 것을 펼친 콤비도 있었습니다만" 이라고 천치들을 부정하는 듯한 평을 했다. 다른 개그맨들도 재미와 웃음의 양은 인정하면서도, 천치들에게서 '재미있다'라는 평가는 의식적으로 박탈하고, 이상하게 웃기는 콤비라는 딱지를 붙여버린 채 안심하는 듯한 인상이 있었다. 첫 번째 정통 개그는 잊어버린 척하면서.

"인기 얻을 생각은 없는 거지?"

다른 개그맨이 웃으면서 건네는 말에 가미야 씨는 시

종 납득이 되지 않는다는 표정을 하고 있었다. 이것을
자신들의 라이브 공연에서 콩트로 연출했다면 아무 문
제도 없었을 것이다. 하지만 가미야 씨에게는 개그를 보
러 온 관객들 앞에서 특이한 사건을 태연하게 터뜨리는
것이야말로 재미있는 것이었는지도 모른다. 나로서는
그다음을 지켜보고 싶었다. 정통 개그를 펼친 뒤, 그것
을 다음 편에서는 어떻게 깨뜨릴 것인가. 코미디냐 아니
냐는 제쳐두고. 그밖에 어떤 방법이 또 있는지, 흥미진
진한 점이었다. 하지만 누군가 가미야 씨에게 그런 자리
를 제공해 주는 일은 없었다.

가미야 씨는 신념을 갖고 있었다. 주위에 아부하지
못하는 성격은 적이 생기기 쉽다. 그래도 가미야 씨는
싸울 태세를 무너뜨리지 않았다. 무대에 누가 있건, 관
객이 아무도 원하지 않는 상황이더라도, 가미야 씨는 아
랑곳하지 않고 자신만의 개그를 했다. 일부 코미디언은
상찬을 했고 일부 코미디언은 거북스러워했다. 나는 그
런 가미야 씨가 되고 싶었는지도 모른다. 하지만 내가
가진 자질로는 도저히 가미야 씨가 될 수 없었다.

가미야 씨에게도 후배가 점점 불어났다. 서로 각자의

불꽃

소속사 코미디언과 어울리는 일이 많아졌다. 서운하기도 했지만 그건 필연이었다. 전부터 나를 좋아해 주었고 요즘 들어 자주 어울리게 된 후배는 가미야 씨의 자질에 대해 회의적이기까지 했다. 그때, 나는 망설임 없이 그 후배의 재능을 의심했다.

웬일로 이른 시간에 일이 끝나서 가미야 씨에게 연락했다. 가미야 씨는 이미 누군가와 저녁에 만날 약속을 해뒀다면서 그때까지만 나와 잠깐 만나기로 했다.

오후 7시에 이케지리대교역 앞에서 만났다. 노랗게 물든 은행나무를 보고 가을이라는 것을 감지했고, 너무도 평범한 그 의식의 흐름이 한심하다고 생각했다. 그런 참에 나타난 가미야 씨를 보고 나는 내 눈을 의심했다. 머리칼은 깨끗한 은발로 물들였고 타이트한 검정 셔츠에 슬림한 검정 바지, 거기에 검정 데저트 부츠를 신고 있었다. 즉 가미야 씨는 나와 완전히 똑같은 스타일로 변신한 것이었다. 나는 몇 년 전부터 이래저래 귀찮기도 해서 일상에서든 무대에서든 똑같은 차림새로 돌아다녔기 때문에 가미야 씨가 그걸 모를 리는 없었다.

"가미야 씨, 어떻게 된 겁니까, 그 옷차림?"

"일단 색깔을 싹 빼버린 뒤에 다시 은색으로 염색을 하더라고. 우와, 머리통이 진짜 아팠다야."

가미야 씨는 자신의 머리를 쓰다듬으며 말했다. 장난삼아 나와 똑같은 차림새를 한 건 아닌 모양이었다.

가미야 씨가 미슈쿠로 이사한 뒤로는 이케지리대교역 앞에 있는 오래된 이자카야에서 술을 마시는 일이 많았다. 간판 메뉴가 된장소스돈가스와 사각 나무판에 내주는 메밀국수인 옛날식 이자카야인데도, 입구 바로 옆에 서양인 얼굴의 오래된 인형이 앉아 있는 이상한 가게였다. 가미야 씨는 저녁에 아는 여자가 밥을 차려주기로 약속했다면서 요리는 주문하지 않고 장아찌를 안주 삼아 병 소주에 물을 타서 조금씩 마셨다. 서로 근황을 보고하다 보니 시간이 훌쩍 지나갔지만 가미야 씨는 술에 취했는지 쉽게 자리를 털고 일어나지 않았다.

"이제 슬슬 가시는 게 좋을 것 같은데요?"

이미 시계는 12시를 넘어서고 있었다.

"아니, 너하고 이렇게 한잔하는 게 오랜만이라 기분이 너무 좋다야."

가미야 씨는 술에 취하면 판단력이 심히 저하된다. 선약이 있는데도 나를 생각해 달려와 준 것은 고맙지만, 기다리고 있을 사람을 생각하니 죄송하기 짝이 없었다. 그렇다고 억지로 돌아가라고 하는 것도 실례라고 생각했다. 나도 가미야 씨와 똑같은 속도로 술을 마셨으니까 이미 상당히 취했었는지도 모른다. 무엇보다 나는 점점 더 배가 고파서 견딜 수가 없었다. 장아찌만으로 벌써 다섯 시간 넘게 술을 마시고 있었다. 뭔가 요리를 먹고 싶었지만 가미야 씨는 이제부터 식사 약속이 있고 계산은 선배인 가미야 씨가 할 거라서 내 독단으로 주문할 수도 없었다. 그렇기는 한데 배가 꼬르륵거려서 어떻게 해볼 수가 없었다. 그때 절호의 기회가 찾아왔다.

"딱 한 잔만 더 하고 가자. 나, 잠깐 화장실 다녀올게"라면서 가미야 씨가 자리를 뜬 것이다. 가미야 씨의 발걸음은 몹시 휘청거렸다. 지금이라면 요리 한 가지쯤 주문해도 눈치채지 못할 것이다. 눈치를 챈다고 해도 점원

불꽃

이 요리를 내왔을 때, 계속 얘기를 해버리면 유야무야될 수 있다고 생각했다. 즉시 점원을 불러 나는 소시지모듬을 주문했다. 가미야 씨는 아직 돌아오지 않았다. 화장실에서 웩웩거리고 있는지도 모른다. 잠시 뒤에 주문한 요리가 나왔는데, 하필 소시지모듬에는 큼직한 숯불 화로가 딸려 있었다. 운수 사납게도 딱 그 타이밍에 자리로 돌아온 가미야 씨가 화로를 흘겨보면서 말했다.

"와아, 너 굉장한 거 주문했다야."

숯불 화로의 크기가 나의 욕망을 적나라하게 표현하고 있는 것 같아서 진짜로 창피했다.

"죄송합니다, 설마 화로까지 나올 줄은……."

나는 겸연쩍게 사과했다.

"너, 배고프면 나하고 같이 가자."

그렇게 가미야 씨는 저녁을 해주기로 한 여자 집에 나도 함께 가는 것으로 뚝딱 정해버렸다.

방금 전에 12시를 넘어섰다고 생각했는데 소시지를 집어먹으며 결국 두 잔을 더 마시고 났더니 어느새 오전 3시였다. 국도를 타고 산겐자야를 넘어 세타가야 길로 들어서서 한참을 걸어가자 오른편에 주택가가 펼쳐지고 그 한 귀퉁이에 여자의 집이 있었다. 가미야 씨는 자주 드나들었는지 익숙하게 계단을 올라가 벨을 눌렀다. 기다리고 있던 여자가 문을 열어주었다. 나는 처음 만난 여자에게 약속에 늦은 것과 갑작스러운 방문을 함께 사과해야 했다. 그 여자는 나를 보고 "우와, 도쿠나가 씨다!"라고 웃는 얼굴로 말했다. 이름은 유키 씨라고 했다.

"거봐, 내가 친하다고 말했잖아."

가미야 씨가 의기양양하게 말했다.

테이블 위에는 작은 냄비와 휴대용 가스레인지와 큼직한 접시에 담긴 야채까지, 백숙을 할 만반의 준비가 되어 있었다. 왜 그런지 긴 대젓가락과 국자 세우는 받침대만 요리점처럼 본격적인 것이어서 그걸 보고 있으려니 오랜 시간 기다리게 한 것이 새삼 미안했다. 유키 씨는 싫은 내색 한 번 없이 솜씨 좋게 주방을 들락거리며 밥을 차려낼 준비를 했다.

유키 씨는 무척 살이 쪄 있었다. 통통하다,라는 말로는 도저히 따라잡을 수 없는 큰 몸집이었다. 하지만 형광등 불빛 아래서도 투명하게 비치는 하얀 피부가 아름다워서 매우 청결한 인상이었다. 그리고 이 사람도 누구처럼 잘 웃었다. 하얀 벽에 울리는 여자 웃음소리에 저절로 언젠가의 마키 씨 웃음소리가 겹쳐졌다.

어느새 우리는 상당히 멀리까지 와버렸다.

앞이 전혀 보이지 않는 상황 속에서 정체 모를 양심의 가책과 두려움에 시달리면서도 어떻든 필사적으로 헤쳐왔다. 심야 아르바이트는 올나이트 라이브 공연에 갑작스럽게 출연하는 바람에 예고 없이 결근을 해서 해고되었다. 그다음에 구한 아르바이트에서는 나이도 어린 직원이 나에게 괴상한 별명을 붙여 불러댔다. 하지만 그즈음에는 드디어 개그만으로 밥을 먹고살 수 있었다. 이제 조금만 더하면 본가에 돈을 부쳐주는 것도 가능할지 모른다.

온 가족을 한번 극장에 초대하는 것도 좋으리라. 그러고는 뭔가 맛있는 것이라도 먹으러 가자.

텔레비전에서 귀에 익은 음악이 흘러나왔다. 내가 출연한 개그 프로였다. 유키 씨가 "스파크스 나올 거야!"라고 목소리를 높였다.

일순 가미야 씨의 얼굴빛이 변했다. 유키 씨는 어떤 개그에도 평등하게 웃어주었다. 가미야 씨는 말없이 화면을 지그시 쳐다보고 있었다. 다음은 스파크스의 차례였다. 시작을 알리는 음악이 울리고 화면 속에서 나와 야마시타는 스탠드 마이크의 정면에 섰다. 유키 씨는 지금까지보다 더 소리 높여 웃었다. 가미야 씨는 꼼짝도 하지 않고 똑바로 화면을 쳐다보았다. 웃어요, 웃으라고요. 역시 웃지 않았다. 가슴팍에서 소용돌이치던 초조감 같은 것이 뱃속 깊이 털썩 내려앉자마자 내 귀에 내 목소리가 들려왔다.

'이 새끼, 패줄까. 생각할수록 화가 나네. 왜 나하고 똑같은 차림새를 하고 있냐고!'

귀에 들려오는 그 목소리가 점점 커져갔다. 스파크스의 개그가 끝이 났다.

유키 씨는 재미있었다고 말하고 우리 개그가 끝난 뒤에도 다시 되새겨 가며 웃었다. 한편 가미야 씨는 한 마디도 하지 않고 허공의 한 지점만 응시하고 있었다.

"별로였습니까?"

물어보는 내 목소리가 떨리고 있었다.

"글쎄다. 좀 더 네가 원하는 재미를 추구했으면 좋았을 것 같은데."

가미야 씨는 냄비 속의 거품을 떠내면서 그런 천진한 말을 중얼거렸다.

가미야 씨가 거품 떠내는 국자의 손잡이를 밑으로 해서 냄비에 꽂는 바람에 나와 가미야 씨 사이에 스탠드 마이크가 서 있는 듯한 모양새가 되었다.

"그건 못하는데요……."

머리에 피가 거꾸로 솟구치는 듯한 감각이 들었다.

그건 못한다. 가미야 씨가 이 개그를 재미없다고 말한다면 나는 더 이상 어떻게도 할 수가 없다.

나는 가미야 씨와는 다르다. 나는 철저한 이단은 결국 될 수 없었다. 그렇다고 그 반대편으로 요령껏 돌아설 능력도 없었다. 그런 서투름을 자랑하는 것도 못했다. 거짓말을 하는 건 사내로서 한심한 짓이었기 때문이다. 나도 알고 있다. 그런 진부한 자존심이 더 한심하다는 평범한 말 따위, 수없이 들어왔다. 하지만 못하는 것이다. 자화자찬은 아니지만, 최근에는 관객을 즐겁게 해주는 게 가능하게 되었다고 생각했다. 타협하지 않고 속이지 않고 나 자신에게도 거짓말하지 않고 여기에 가미야 씨에게 칭찬까지 받으면 최고로 좋겠다, 라고 나 혼자

히쭉히쭉 웃곤 했다. 예전보다는 관객의 웃음소리를 많이 듣게 됐으니까 가미야 씨의 웃음소리도 들을 수 있는 거 아닌가라고 생각했다. 하지만 전혀 아니었다. 일상의 덜떨어진 나는 그토록 가미야 씨를 웃길 수 있었는데도 무대에 선 나에 대해 가미야 씨는 웃어주지 않았다.

가미야 씨가 무엇을 바라보는지, 무엇을 재미있다고 생각하는지, 어떻게 하면 가미야 씨를 웃길 수 있을지, 내내 그것만 생각해 왔다. 아름다운 세계를 깨뜨리는 것이야말로 웃음이라고 말한다면 나는 반드시 그렇게 해야 한다고 생각해 왔다. 그것이 희극인으로서 올바른 길이라고 믿어왔다.

나는 정말로 나 자신에게 거짓말을 하지 않았을까.

가미야 씨는 진짜 천치다. 날이면 날마다 의미를 알 수 없는 아호다라쿄*를 어쩐지 사람을 홀리는 미성으로 읊어가면서 하루하루 알량한 푼돈을 받아 연명하고 있었다. 쓸데없는 것은 일절 떠안지 않고 사는 그런 삶을 간절히 동경하고, 동경하고, 동경해 마지않으며 살아왔다.

---

* 阿呆陀羅経. 불교 경전을 흉내내어 수행승이 시사를 풍자하는 내용을 읊고 다니던 우스꽝스러운 속요.

불꽃

나는 재미있는 희극인이 되고 싶었다. 내가 생각하는 재미있는 희극인이란 어떤 상황에서도 어떤 순간에도 재미있어야 한다. 가미야 씨는 나와 함께 있을 때는 항상 재미있었고 같은 무대에 섰을 때는 적어도 항상 재미있으려고 했다. 가미야 씨는 내가 원하는 재미를 몸으로 실천해 주는 사람이었다. 가미야 씨를 동경하고 그의 가르침을 지키면서, 가미야 씨처럼 젊은 여자들의 지지는 받지 못해도 남자가 봐서 재미있다고 열광할 만한 그런 희극인이 되고 싶었다. 변명하는 일 없이, 정면으로 재미있는 것을 추구하는 희극인이 되고 싶었다. 불순물이 섞이지 않은 순정한 재미이고 싶었다.

가미야 씨가 재미있다고 생각하는 것은 가미야 씨가 아직껏 발하지 않은 말이었다. 아직껏 표현하지 않은 상상이었다. 결국 가미야 씨의 재능을 능가하는 것뿐이었다. 이 사람은 순간순간 자신의 범주를 뛰어넘으려고 도전하고 있다. 그것을 즐기면서 하고 있으니 도저히 감당이 안 된다. 스스로 만들어낸 것을 태연한 얼굴로 방귀 뽕뽕 뀌어가면서 파괴했다. 그 광경은 고결했다. 하지만 도저히 당해낼 수 없었다.

언젠가 누군가가 말했었다. 가미야는 그저 도피하는 것뿐이 아니냐고. 아니다. 아무것도 모르는 소리였다. 가미야 씨는 자신이 재미있다고 생각한 것에 등을 돌린 적은 없었다. 가미야 씨는 '없다, 없다, 까꿍!'을 알지 못하는 것이다. 가미야 씨는 갓난아기를 상대할 때도 온 힘을 다해 자신만의 방식으로 웃기는 것이다. 오해를 사는 경우도 많겠지만 결코 도피하는 것은 아니었다.

가미야 씨가 상대하는 것은 세상이 아니었다. 언젠가 세상을 자신 쪽으로 돌려세울 수도 있는 무언가였다. 그 세계는 고독할지도 모르지만 그 적막은 스스로를 고무해 주기도 하리라. 나는 결국 세상이라는 것을 떨쳐낼 수 없었다. 참된 지옥이란 고독 속이 아니라 세상 속에 있었다. 가미야 씨는 그것을 알지 못하는 것이다. 내 눈에 세상이 비치는 한, 거기서 도망칠 수는 없다. 나 자신의 이상을 무너뜨리지 않고 또한 세상의 관념과도 싸워야 한다.

'없다, 없다, 까꿍!'을 알고 있는 나는 '없다, 없다, 까꿍!'을 온 힘을 다해 시도해 보는 수밖에 없었다. 그것조차 두말할 것도 없이 부정하는 가미야 씨는 고결하다.

하지만 분하고 답답하고 너무 미워서 견딜 수가 없었다.

가미야 씨는 길 같은 건 벗어나기 위해 있는 것이라고 말했다. 내 앞을 걸어가는 가미야 씨가 나아가는 길이야말로 내가 벗어나야 할 길인 것이라고 바로 그 순간, 깨달았다.

"그런 건 아니야."

나는 가미야 씨의 다정한 목소리에 약하다. 개그 프로가 끝나고 텔레비전 화면에서는 뉴스가 흘러나오고 있었다. 유키 씨는 우리에게 신경을 써주느라 침실로 들어간 모양이었다.

"아니, 재미없었잖아요."

나는 내 인생을 위해 가미야 씨를 온 힘을 다해 부정하지 않으면 안 되었다.

"재미가 없다는 건 아니야. 나는 도쿠나가 네가 재미있다는 거 잘 아니까. 근데 너라면 좀 더 잘할 수 있다는 생각이 들었다는 얘기야."

가미야 씨는 말하기 어려운 듯 작은 소리로 중얼거렸다.

"그러면 직접 텔레비전에 나가면 되잖습니까."

가미야 씨가 입을 꾹 다무는 소리가 귀에 들려오는 듯한 느낌이었다.

　"주절주절 잔소리할 거면 직접 오디션 보고 텔레비전에 나가서 재미있는 개그, 하면 되잖아요."

　내가 말하고 싶었던 게 이런 시시해 빠진 것이었던가.

　"응, 그렇다."

　가미야 씨는 고개를 들지 않고 말했다.

　"가미야 씨와 마찬가지로 나도, 아니, 나뿐만 아니라 모든 개그맨들이 각자 자기가 재미있다고 생각하는 게 분명하게 있다고요. 하지만 그걸 전달하지 않으면 안 되잖습니까. 그런 쪽의 노력을 게을리하면 자신이 재미있다고 생각하는 게 그냥 없었던 것이 되어버리잖아요."

　"너, 너무 생각이 많은 거 아니냐? 좀 더 편한 마음으로 네가 원하는 것을 하면 되는 거 아닌가?"

　"취미라면, 그게 취미라면 그렇게 해도 좋겠지요. 하지만 코미디를 좋아하고, 언제까지고 그걸 계속하고 싶다면 그런 쪽의 노력을 게을리하면 안 되잖습니까."

　가미야 씨는 깊이 생각에 잠긴 표정을 보이며 아무 말도 하지 않았다.

불꽃

"버리면 안 되는 것은 절대로 버리고 싶지 않아서, 걸러내는 체의 구멍을 촘촘하게 해두고 있다고요. 그러면 체에 쓸데없는 것도 잔뜩 들어갈지 모르지만 그딴 거, 나도요, 언제든지 버릴 수 있어요. 버릴 수 있다는 것만 자꾸 자랑하지 말아주십쇼."

"도쿠나가, 미안하다."

가미야 씨가 작은 소리로 말했다. 기왕이면 주먹으로 때려줬으면 했다.

"그리고 그 머리 스타일, 나 따라한 것이지요? 옷차림도 나 따라한 거지요? 가미야 씨, 남들 따라하는 건 죽어도 싫다고 말했었잖아요. 자기 자신의 모방도 하고 싶지 않다고 잘난 척하면서 말했었잖아요. 근데 그거, 모방 아닙니까?"

이런 말을 하고 싶었던 게 아니다. 가미야 씨의 설명 따위, 굳이 듣지 않더라도 그때는 이미 가미야 씨의 속마음을 거의 다 알고 있었다.

"아니, 나는 네 머리 스타일이 진짜 멋있다 싶어서⋯⋯."

그저 그것뿐인 일이다. 가미야 씨에게는 개그에 있어서 독자적인 발상이나 표현 방법만이 중요한 것이다. 머리 스타일이나 옷차림의 개성 따위, 전혀 아무 관심이 없었다. 정식집에서 친구가 맛있어 보이는 밥을 먹고 있어서 똑같은 것을 주문한 것과 전혀 다를 게 없었다. 친구와 똑같은 정식을 먹으면서 어느 누구도 생각조차 못할 대사를 궁리하는 게 가미야 씨의 삶의 방식이었다. 우리는 세상에서 도망칠 수 없기 때문에 옷을 입지 않으면 안 된다. 무엇을 입느냐는 것이 그림의 액자를 선택하는 것뿐인 일이라면 화가인 가미야 씨는 굳이 관여할 것도 없었다. 하지만 우리는 내가 그린 그림을 스스로 전시해서 누군가에게 팔아먹지 않으면 안 된다. 액자를 어떤 것으로 하느냐에 따라 그림의 인상은 크게 달라지리라. 상업적인 면을 일절 내팽개치는 행위는 자기 작품의 미래적인 의미를 바꾸는 일이 될 수 있다. 그것은 자신의 작품을 지켜내지 않는 것과도 같은 일이었다.

"모방이잖아요"라고 거듭 말하는 내 목소리는 떨리고 있었다.

어떻게 해볼 도리가 없는 묵직한 공기가 우리를 에워쌌다. 나는 언제까지고 꼼짝하지 못하고 있었다. 가미야 씨는 우울한 분위기 그대로 자리에서 일어서더니 거실

불꽃

장 서랍을 열고 뭔가를 찾고 있었다. 부스럭부스럭 서랍 안에서 소리가 났다. 그리고 뭔가를 꺼내더니 힘차게 욕실로 들어갔다.

유키 씨는 침실에서 나오지 않았다. 그것을 고맙게 생각했다. 나는 자신의 재능 없음을 가미야 씨의 책임으로 돌리고 있는 것일까. 아니, 그렇지 않다. 나는 본심을 말했고 한심한 치부까지 모두 다 드러내 보이면서 그것을 가미야 씨가 덮어주기를 바랐던 것이다.

욕실에서 나온 가미야 씨의 머리는 너덜너덜해져 있었다. 가위로 빡빡 깎을 생각이었을 텐데 귀 뒤쪽에 아직 긴 머리가 남아서 차마 볼 수 없는 몰골이었다.

"베컴을 목표로 했는데 스이젠지 기요코*가 되어버렸다야."

"치타도 전혀 안 됐는데요."

내 말에 가미야 씨는 소리 내어 웃었다.

가미야 씨는 다시금 내게 사과하고 냉장고에 술을 꺼내러 갔다. 내 얼굴을 쳐다보지 않으려고 일부러 그래준

---

* 구마모토 출신의 가수이자 배우. '치타'라는 별명이 있고 짧은 머리에 치타 무늬의 기모노를 즐겨 입었다.

것이겠지만 각도상 아무래도 어려웠는지 허리를 이상하게 틀고서 "에이 참, 저기하네, 저기해"라고 혼자 중얼중얼하고 있었다.

그곳에서 집까지 어떻게 돌아왔는지 생각나지 않는다. 다음 날, 전화를 했지만 가미야 씨는 받아주지 않았다. 휴대전화 메시지로 사죄의 글을 보내자 곧바로 답신이 왔다.

「너무 취해서 하나도 기억이 안 나니까 괜찮아!」

글의 내용과는 어울리지 않는 감탄부호가 묘하게 서글펐다.

우리가 출연한 개그 프로가 1년 만에 끝이 났다. 그 방송을 통해 얻은 것은 컸다. 심야 예능 프로에서도 불러주고 다른 몇몇 쇼 프로에도 연달아 출연했다. 그 해의 대학 축제 때는 수도권뿐만 아니라 지방에서도 많이 불러주었다. 대부분 젊은이에 한정된 일시적인 인기라는 건 방송에 나온 모든 개그맨들이 잘 알고 있었다고 생각한다. 우리는 착각을 하기에는 너무 나이가 들어 있었다. 스탠드 마이크를 향해 달려갈 때 터져 나오는 환성을 나는 믿을 수 없는 기분으로 듣곤 했다. 임대료 2만 5천 엔의 욕실 없는 고엔지 단칸방에서 임대료 11만

엔의 시모키타자와 맨션으로 이사도 했다. 붕붕 들뜬 것으로 보였을지도 모르지만 나는 묘하게 침착했었다. 인생에 한 번쯤은 맨션이라는 곳에서 살아보는 경험이 있어도 괜찮다고 생각했다. 야마시타는 연인이 생겨 에비스 쪽에서 동거에 들어갔고 곧 결혼할 거라고 콧김을 씩씩거렸다. 가미야 씨와는 그 이후로 만나지 않았다. 천치들의 소문도 서서히 귀에 들어오지 않았다.

우리 세대가 주로 출연하는 개그 방송에 천치들이 불려오는 일은 마지막까지 없었다. 그 방송에 출연한 콤비와 출연하지 않은 콤비 사이에는 생활에 큰 차이가 났다. 하지만 그런 생활도 길게는 이어지지 않았다. 그것도 물론 알고 있었다. 그렇게 되지 않았으면 좋겠다는 바람은 분명 있었지만.

그중 몇 팀은 황금 시간대에 간간이 눈에 띄었고 다른 몇 팀은 해산했다. 1인 개그로 새롭게 활동을 시작한 사람도 있었다. 구성작가로 전직한 사람도 있었다. 본가에 돌아가 전혀 다른 일을 시작한 사람도 있었다. 나는 개그맨이 된 뒤로 수많은 시간을 가미야 씨와 함께 했었고 그즈음 몇 년 동안은 같은 소속사 후배와 지낸 일이 많았다.

사교성이 부족해 많은 개그맨들과 깊은 관계를 맺지는 못했다.

하지만 개인적인 관계가 없었더라도 같은 시대에 같은 극장 무대에서 함께 싸워온 모든 코미디언들을 나는 자랑스럽게 생각한다. 때 묻은 컨버스 운동화로 대기실에 들어서면 하나같이 추레한 차림을 한 자들이 많이 있었다. 그들은 내가 세상에서 한참 뒤처졌다는 것을, 기껏해야 딴따라 연예인이라는 경멸의 시선을 잠시나마 잊게 해주었다. 그것이 어쩌면 잠깐의 위안을 주는 나쁜 용궁 같은 것이었는지도 모르지만. 그러나 서로 말 한마디 나눈 적이 없었어도 그들이 그곳에 없었다면 나는 그런 미친 짓을 10년이나 계속하지 못했을 것이다.

어렴풋이 깨닫고는 있었지만 스파크스의 일도 점점 줄어들었다. 예전에 나를 두렵게 하고 또한 성장하게 해준 후배들도 새로운 인생을 향해 걸음을 옮기고 있었다. 영원처럼 생각될 만큼 구제할 길 없던 그 나날들은 결코 단순한 바보짓 같은 건 아니었다고 단언할 수 있다. 우리는 분명하게 두려움을 느꼈었다. 부모가 나이 들어가는 것을, 연인이 나이 들어가는 것을, 모든 것이 때늦은 일이 되어버리는 것을 진심으로 두려워했다. 나 자신의 의지로 꿈을 마감해 버리는 것을 진심으로 두려워했다. 세상 모두가 타인처럼 느껴지는 밤이 수없이 이어졌다. 월말이면 저마다 얄팍한 지갑을 털어 술을 마시면서 불안을 달래고, 순수한 마음으로 세상의 온갖 고난을 망각의 저 너머로 밀어낼 작품을 제각기 궁리하고 실행했다. 이제 대본으로 세계가 확 바뀔지 모른다고 스스로를 고무하고 무리하게 흥분했다. 언젠가는 내가 나설 차례가 올 거라고 모두가 굳게 믿었다.

어느 평일 오후. 나는 갑작스럽게 야마시타의 호출을 받았다. 용건은 묻지 않은 채, 수없이 대사 맞추기에 이용했던 커피점으로 나갔다. 가게 문을 열고 여느 때와 똑같은 자리에 앉아 있는 야마시타의 얼굴을 보았을 때, 나는 무슨 말을 듣게 될지 대략 짐작했다. 야마시타는 동거하던 여자친구와 혼인신고를 했다고 말했다. 그리고 아내의 배 속에 쌍둥이가 들어 있다는 것도.

"태어나는 아이를 위해,라고 하면 변명이 될지도 모

불꽃

르겠다. 하지만 그 아이들이 등을 떠밀어 줬다는 건 틀림없어."

내 오랜 파트너는 말했다. 실로 산뜻하고 좋은 얼굴을 하고 있었다. 이 녀석은 돌아서 버린 게 아니라, 이곳에 고여 있는 게 아니라, 새로운 도전을 하는 것이구나, 라고 생각했다.

"축하한다. 그러면 서둘러 세 사람과 쌍둥이가 함께 살 집을 구해야겠네."

내 말에 야마시타는 틈을 놓치지 않고 받아쳤다.

"너는 함께 살지 않아도 돼!"

너무도 확실하게 콤비 각자의 역할이 발휘되는 바람에 나는 묘하게 창피했지만, 야마시타는 "장인 장모님께 너도 함께 산다는 얘기를 어떻게 설명하겠냐"라나 뭐라나, 말을 이어가면서 여전히 나에게 바보 역할을 맡기려 했다. 후줄근한 벽의 이 커피점은 젊은이들이 즐겨 찾을 만한 가게는 아니지만 언제 찾아와도 자리가 있고 우리를 배제하려는 분위기는 털끝만큼도 없어서 마음이 편했다. 이 녀석과 다시 이곳을 찾을 일도 없겠다고 생각하니, 질리도록 봤던 커피 잔조차 사랑스럽게 느껴졌다.

지금 목소리를 내면 어설프게 떨릴 것이다. 재차 확인할까 봐 "지난 10년 동안, 고마웠다"라는 말은 꿀꺽 삼켜 버렸다.

우리는 소속사에 해산하겠다는 뜻을 전했다. 사정을 설명하자 아무도 만류하지 않았다. 스파크스로서 이미 스케줄이 잡혀 있는 몇 가지 일을 끝내고 정식으로 해산하기로 얘기가 되었다. 우리가 출연하는 마지막 소속사 라이브 공연에는 소문을 듣고 평소보다 많은 관객이 찾아주었다. 누군가에게는 전달되고 있었던 것이다. 적어도 누군가에게 우리는 분명코 코미디언이었다.

시작을 알리는 음악이 울려 퍼지고 나는 윙에서 스탠드 마이크를 향해 한 차례 인사를 건넸다. 야마시타는 그런 나를 앞질러 냉큼 무대로 뛰쳐나갔다. 나도 그 뒤를 쫓아 나가 조명 세례를 받았다. 큰 박수 소리가 들려왔다. 우리는 스탠드 마이크를 향해 달렸다. 성인식 때 개그용으로 구입한 타이트한 검은 커플 정장은 대체 몇 번이나 입었을까. 어른이 된 우리는 구두를 번쩍거리게 닦아 신는 법을 배웠다. 스탠드마이크를 사이에 두고 마주 섰다. 야마시타가 마이크를 살짝 잡고서 "안녕하십니까, 스파크스입니다"라고 인사하자 다시금 큰 박수 소리가 좁은 극장 안에 메아리쳤다.

인사말로 내가 먼저 입을 열었다.

"세상의 상식을 뒤엎을 만한 코미디를 하기 위해 이 길로 들어섰습니다. 그런데요, 우리가 뒤엎어 버린 것은 노력은 반드시 보답을 받는다,라는 훌륭한 말뿐입니다."

"그런 말을 하면 안 되지!"

야마시타가 온 힘을 다해 나를 꾸짖어주어서 객석에서 웃음이 터졌다.

"이봐, 살다 보면 지나치게 감상에 빠져 내 생각을 제대로 전달하지 못할 때가 있잖아."

"응, 그런 때가 있지, 있지."

"그러니까 일부러 반대로 말을 하겠다고 미리 알려둔 다음에 내 생각과는 완전히 반대되는 말을 힘껏 해버리면 생각이 명확하게 전달될 거 같은데."

"너는 마지막까지 왜 이리 머리 복잡한 얘기를 하냐."

"아무튼 해보면 알아. 자아, 간다."

"응, 응."

"이봐, 파트너!"

"왜?"

"너는 진짜 개그를 잘하더라!"

"응, 고마워! 아, 아니, 깜빡 좋아할 뻔했는데 이거, 생각과는 반대되는 말을 하는 거라고 했지?"

"한 번도 대사를 틀리거나 막히는 것도 없었고, 얼굴 잘생겼지, 목소리 좋지, 집도 부자고, 진짜 넌 최고야!"

"에이, 짜증나네, 이 녀석."

"천재야, 천재!"

"너 좀 맞아볼래!"

야마시타가 소리를 내지르자 한층 큰 웃음소리가 극장을 울렸다. 이 작은 극장 무대에서는 매일같이 개그 라이브 공연이 개최되었다. 극장의 역사와 똑같은 만큼의 웃음소리가 이 꾀죄죄한 벽에 흡수되어서 관객이 웃으면 벽도 한데 어우러져 웃었다.

"근데 말이다, 파트너! 그렇게 천재인 너에게도 몇 가지 큰 결점이 있어!"

"오호, 그게 뭔데?"

"우선 방이 지저분해."

불꽃

"에이, 시시하기는! 물론 방은 깨끗이 해놓고 사는 편이지만, 그보다 좀 더 그럴싸한 장점도 많잖아. 그런 걸 얘기해 줘, 그런 걸!"

"소식인데다 찬찬히 먹는 거?"

"아니, 나는 대식가에 급하게 먹는 편인데……. 어라, 이거 내가 바보 같잖아!"

야마시타는 밥 먹는 게 빨라서 함께 식사할 때마다 나는 항상 마음이 급했다.

"여자친구가 못생겼어."

"아, 응, 고마운 말이기는 한데, 이거 내 얘기 할 때하고는 너무 다르잖아!"

기품 있고 착한, 최고의 여자친구였다.

"아주 훌륭한 재능을 가진 파트너가 있어!"

"뭐야?"

"그런 훌륭한 재능을 가진 천재 파트너에게 너는 지난 10년 동안 불평만 하고 전혀 따라주지 않았어!"

나는 천재가 되고 싶었다. 남을 웃기고 싶었다.

"대체 뭔 소리를 하는 거냐……."

나를 싫어하시는 분들, 웃겨드리지 못해 죄송합니다.

"그런 너하고 함께여서 나는 지난 10년 동안 진짜로 즐겁지 않았어! 세상에서 내가 가장 불행해!"

야마시타가 나를 코미디언으로 만들어주었다.

"그나저나 관객 여러분! 당신들 진짜 똑똑해! 이런 인기 있고 장래성 있는 개그맨의 라이브 공연에 돈 한 푼 안 내고 날마다 찾아와 주고!"

그리고 관객들이 나를 코미디언로 만들어주었다.

"당신들, 진짜 똑똑해. 덕분에 날마다 힘들었어. 이 바보들아!"

"야, 너 입이 너무 험하잖아……."

야마시타의 얼굴은 이미 너덜너덜 얼룩져 있었다.

"내 꿈은 어려서부터 코미디언이 아니었어. 절대로 코미디언 같은 건 되지 말자고 생각했다고. 그랬는데 중학교 때 이 친구를 만나는 바람에 코미디언이 되어버렸어요. 최악이죠! 그 바람에 내가 죽었어요. 이 친구가 나를 죽인 셈이나 마찬가지예요. 에라, 이 살인자!"

객석이 어룽어룽 흔들려 보이지 않았다.

"이따금 말이죠, 우리를 칭찬해 주는 사람들이 있어요. 그게 정말로 기뻤어요. 내 인생을 긍정해 주는 것 같은 기쁨이 생기는 거예요. 근데 거기에 찬물을 끼얹는 자들이 있었어! 바로 당신들이야!"

그렇게 말하고 나는 객석을 힘껏 흘겨보았다.

"당신들은, 스파크스는 형편없다! 다시 보고 싶지 않다! 그러면서 내 인생을 부정했어. 진짜 너무 싫어!"

객석에서 훌쩍이는 소리가 들렸다. 모두가 웃으면서 울었다. 가미야 씨가 보였다. 객석 맨 끝에서 제일로 많이 울고 있었다.

"우리 스파크스는 오늘이 개그 마지막 날이 아닙니다. 앞으로도 날이면 날마다 여러분을 만날 수 있다고 생각하니 정말로 기쁘네요. 나는 지난 10년을 의지해 살아가지 않을 겁니다. 그러니까요, 여러분도 아무렇게나 죽어버려!"

이런 식으로 침을 튀기며 큰 소리로 부르짖는 개그를 꼭 한 번 해보고 싶었다.

"죽어! 죽어! 죽어! 죽어! 죽어! 죽어! 죽어! 죽어!"

지금, 나는 개그를 하고 있다. 내 파트너 야마시타와 개그를 하고 있다. 나는 야마시타를 향해서도 부르짖었다.

"죽어! 너도 가족과 따로따로 죽어!"

"닥쳐!"

좀 더 개그를 하고 싶었다. 언제까지고 개그를 하고 싶었다. 야마시타의 목소리는 정말로 맑고 우렁차다. 항상 나를 믿고 따라주었는데, 감정적으로 억울하고 힘든 일도 많았으리라. 정말 미안하다.

"너는 말이지, 폭언을 마구 쏟아내고, 관객하고 파트너를 엉엉 울리고, 이게 뭐가 개그야! 개그라는 건 손님을 웃겨야 하잖아!"

야마시타가 말했다.

"오, 그러면 마지막의 마지막에 상식을 뒤엎는 개그가 가능했다는 얘기네!"

"닥쳐!"

이 개그, 끝내고 싶지 않았다.

"너, 이 개그의 마지막에 할 말 없어?"

"도쿠나가! 그리고 관객 여러분! 나는 여러분께 전혀 감사하지 않습니다."

이런 때는 일부러 잠시 틈을 두고 말해야 한다.

"이제 보니 너, 아주 형편없는 놈이구나?"

"아니, 나도 반대로 말한 거야. 아이 참, 네가 그러라

불꽃

고 했잖아!"

객석에서 드디어 순수한 웃음소리가 들려왔다.

"와아, 너 진짜로 개그를 잘한다야."

"글쎄, 이제 그만하라니까!"

우리는 깊숙이 머리를 숙였다. 언제까지고 박수 소리가 멈추지 않았다.

그날 인터넷 뉴스에는 '스파크스 해산!'이라는 기사가 떴다. 그것을 본 본가의 어머니가 「그동안 수고했다」라는 메시지를 보내주셨다. 지난 10년 동안, 부모님에게는 일이 잘된다는 소식만 보냈었다. 앞으로 온 힘을 다해 은혜를 갚자. 부모님도 나를 코미디언으로 만들어주신 것이다. 기사를 열어 댓글들을 훑어보았다.

'웬 듣보잡?'

'누군지 모르겠네. 개그맨이 너무 많아!'

'재미없는 개그맨의 해산을 굳이 기사로 쓸 필요가 있나욤?'

'아주 잠깐 텔레비전에 나왔었는데 재미없어서 금방 꺼버렸다. 힘내세요!'

'모르는 사람이 대부분 아닌가? 나도 그중 한 사람.'

'예藝가 없는 사람은 연예인이 아닙니다.'

'이 사람들, 재미없어. 옛날처럼 재미있는 코미디언은 이제 더 이상 나오지 않는 건가.'

'사진이 옛날 것이네. 이거밖에 없나?'

'은발이라는 인상밖에 안 남았네요. 미안해요.'

'좀 더 빨리 해산하는 게 좋았을 거 같은데.'

'아마추어인 내가 훨씬 더 재미있다.'

'스파크스의 개그, 좋아했습니다.'

'동네 동호회의 개그 콤비? 요즘은 개나 소나 개그맨이 된다니까.'

'머리 염색하고 설치고 다니지 마, 이 쓰레기!'

'수고하셨습니다. (근데 누구야?)'

'마지막으로 인터넷 뉴스에 기사가 실린 것만 해도 다행이지.'

'들보잡, 누구냐,라고 댓글 달면 일부러 그런 말 쓰지 말라는 식으로 반응하는데, 이 사람들에 관해서라면 괜찮을 거 같아. 실제로 나도 모르거든.'

'하나도 안 궁금해. 대체 무슨 기준으로 기사 올리는지 모르겠어.'

'요즘 젊은 개그맨들은 눈곱만큼도 재미가 없다.'

'연습 기간도 없이 튀어나오니까 도태되지.'

아주 조금이지만 긍정적인 댓글이 정말로 고마웠다. 구원받았다. 우리를 포함해 젊은 개그맨 전체에 대한 부정적인 의견에는 웃겨드리지 못해 죄송하다고 생각했다. 개그맨이 항상 재미있다는 환상을 갖게 해드리지 못해 유감스럽다고 생각했다.

나는 어렸을 때부터 개그맨이 되고 싶었다. 중학교 때 야마시타를 만나지 못했다면 내가 과연 개그맨이 될수 있었을까. 코미디만으로 먹고살 수 있는 환경을 만들지 못했던 것을 다른 누군가의 탓으로 돌릴 마음은 없다. 더구나 시대의 탓으로 돌릴 마음 따위는 결코 없다. 세상 사람들이 보기에 우리는 이류 연예인조차 아니었는지도 모른다. 하지만 만일 '아마추어인 내가 훨씬 더 재미있다'라고 말씀하시는 분이 있다면 단 한 번이라도 좋으니 무대 위에 올라가 보셨으면 한다. '어디, 한번 해봐라'라는 식의 건방진 마음 같은 건 털끝만큼도 없다. 세상의 풍경이 한순간에 바뀌는 것을 체감해 봤으면 하는 것이다. 내가 만들어낸 것에 아무도 웃어주지 않는

공포감을, 내가 만들어낸 것에 누군가 웃어주는 기쁨을
경험해 봤으면 하는 것이다.

당장 소용도 없는 것을 오랜 시간을 들여 계속한다는
거, 얼마나 두렵겠는가. 단 한 번뿐인 인생에서 결과가
전혀 나오지 않을지도 모르는 일에 도전한다는 거, 얼마
나 두렵겠는가. 소용없는 것을 배제한다는 건 위험을 회
피한다는 것이다. 겁쟁이라도, 착각이라도, 구제할 도리
없는 바보라도 좋다, 온통 리스크뿐인 무대에 서서 상식
을 뒤엎는 것에 전력을 다해 도전하는 자만이 코미디언
이 될 수 있다. 그걸 깨달은 것만으로도 좋았다. 긴 세
월을 들인 이 무모한 도전으로 나는 내 인생을 얻었다고
생각한다.

기치조지 하모니카요코초의 〈미후네〉에 간 것은 무
척 오랜만이었다. 2층으로 올라가는 급경사 계단이 반
가웠다. 2층 방에는 사람이 넘쳐나고 있었다. 작은 텔레
비전 옆의, 복을 불러들이는 고양이 장식물도 아직 그대
로였다. 내 눈앞에는 가미야 씨가 앉아 니쿠메를 집어먹
으며 소주에 물을 타서 마시고 있었다.

"스파크스 개그, 아주 재미있더라."

가미야 씨는 흐뭇한 듯 말하고 소주를 단숨에 비웠다.

"가미야 씨, 울었지요?"

그 모습을 떠올리자 웃음이 터졌다.

"울기는 울었지만, 내가 그런 개그는 여태껏 본 적이 없어. 매번 머리를 굴려야 하는 것하며 감정을 폭발시키는 거, 모순되는 그 두 가지 요소가 함께하는 게 스파크스의 개그잖냐."

가미야 씨는 나를 쳐다보지 않고 굵직한 목소리를 내면서 말했다.

"아무도 웃지는 않았지만 가미야 씨한테 칭찬을 받으니까 최고로 좋은데요?"

이건 한 치의 거짓도 없는 내 본심이었다.

"매회 나와서 가슴 뭉클한 이야기를 해주는 개그맨이 한 팀쯤 있는 것도 재미있어. 나는 그런 거 보고 싶더라."

가미야 씨는 술자리가 시작된 이후로 계속 나를 칭찬했다. 예전과 똑같이 값싼 안주 요리가 우리를 달래주었다. 나는 가미야 씨에게 뭔가 사과하지 않으면 안 될 것 같은 마음이 들었다.

"가미야 씨, 죄송합니다."

딱히 대답도 없이 가미야 씨는 정말로 맛있다는 듯 니쿠메만 먹고 있었다. 가미야 씨는 개그를 그만둔 나를 어떻게 생각할까. 가미야 씨는 태어나 죽을 때까지 자신 은 개그맨이라고 공언하는 사람이라서 스파크스가 해산 했다고 해도 내가 개그맨을 그만두리라고는 생각도 안 하는 게 아닐까. 하지만 환멸을 느끼게 하더라도 누구보 다 큰 신세를 진 가미야 씨에게는 말하지 않으면 안 된 다. 회피해서는 안 된다.

"가미야 씨, 아직 무슨 일을 할지는 정하지 않았지만 저, 개그맨 그만두려고 합니다."

"응."

가미야 씨는 부드러운 표정으로 나를 보았다. 가게가 시끌벅적해서 그나마 다행이었다.

"이미 결정한 거지?"

"예. 나는 야마시타와 둘이서가 아니면 안 돼요. 그 녀석이 그만두기로 결단을 내린 건 그런 뜻이라고 생각 합니다."

불꽃

나는 가미야 씨의 다정한 목소리에 약하다. 가미야 씨와 매일같이 어울렸던 농밀한 나날들이 있어서 내가 오늘까지 개그맨일 수 있었다,라고 강하게 실감했다. 가미야 씨와의 만남은 내게는 정말로 큰 행운이었다. 그런 사부님에게 상의도 없이 이 업계를 떠나기로 결정한 것을 후회하지는 않았다. 가미야 씨 덕분에 나는 빠르게 말하는 것을 포기했다. 불량 학생 출신이 아니라는 게 어쩐지 켕긴다는 생각을 떨쳐버릴 수 있었다. 가미야 씨에게서 내가 배운 것은 나답게 살라는, 이자카야 화장실에나 붙어 있을 듯한 단순한 잠언의, 인간미 넘치고 격정적인 실천 편이었다. 나는 이제 슬슬 가미야 씨에게서 독립해 나 자신의 인생을 걸어가지 않으면 안 된다.

"도쿠나가."

니쿠메를 꿀꺽 삼키고 가미야 씨가 얼굴을 들었다.

"예."

이 얘기는 웃으면서 듣자고 마음먹었다.

"나는 말이다, 개그맨에게 은퇴 같은 건 없다고 생각한다. 너는 재미있는 것을 10년 동안이나 계속 궁리해 왔어. 그렇게 극장 무대에서 여태껏 사람들을 웃겨왔어."

가미야 씨의 표정은 부드러웠지만 말투는 진지했다.

"가끔은 아무도 웃기지 못한 날도 있었어요."

"가끔은 그랬지. 하지만 계속 사람들을 웃기려고 해
왔어. 그건 엄청나게 특수한 능력이 몸에 뱄다는 얘기
야. 복서의 펀치하고 똑같아. 무명의 선수라도 그자들,
간단히 사람을 죽일 수 있잖냐. 개그맨도 마찬가지야.
단 개그맨의 펀치는 때리면 때릴수록 사람을 행복하게
해줄 수 있어. 그러니까 소속사 떠나서 다른 일로 밥을
먹게 되더라도 웃음으로 쾅쾅 때려주고 다녀라. 너 같은
펀치 가진 놈, 어디에도 없으니까."

갑자기 엉뚱하게 복싱을 예로 들고 나선 것을 지적하
면 가미야 씨는 화를 낼까. '웃음으로 쾅쾅 때려주고 다
녀라'라는 건 얼마나 폼이 안 나고 또한 얼마나 폼이 나
는 말인가.

"콤비 개그는 혼자서는 못하지. 두 명 이상이 아니면
안 돼. 하지만 말이다, 나는 둘만으로도 안 되는 거라고
생각한다. 만일 세상에 코미디언이 나 하나뿐이라면 내
가 이렇게 열심히 했을까, 하는 생각이 들어. 주위에 엄
청난 놈들이 잔뜩 있었기 때문에 그자들이 하지 않은

것, 그자들의 속편 같은 것을 고민해 볼 수 있었어. 그렇다면 그건 이미 공동 작업이지. 동기 중에 인기를 얻은 놈은 한 줌밖에 안 될지도 모르겠다. 하지만 주위와 비교당하기 때문에 독자적인 것을 만들어내기도 하고 도태되기도 하지. 이 장대한 대회에서는 이기는 자와 패배하는 자가 분명하게 존재해. 그래서 재미가 있는 거야. 근데 말이다, 도태된 놈들의 존재라는 거, 절대로 쓸모없는 게 아니야. 이거 안 하는 게 좋았을 거라고 생각할 사람도 있을지 모르지만, 이를테면 우승한 콤비 말고는 다들 안 하는 게 좋았느냐 하면 절대 그렇지 않아. 딱한 팀뿐이었다면 결코 그런 재미는 나오지 못했다고 생각한다. 그러니까 한 번이라도 무대에 섰던 놈은 반드시 필요했던 놈인 거야. 그리고 모든 개그맨에게는 그들을 개그맨이게 해준 사람들이 있잖냐. 그게 가족일 수도 있고, 연인일 수도 있어."

나에게는 야마시타도, 가미야 씨도, 가족도, 후배들도 그런 존재들이었다. 마키 씨 역시 그런 존재였다. 예전에 나와 관련된 모든 사람들이 나를 개그맨이게 해주었다.

"반드시 그 모든 사람들이 다 필요한 거야."

가미야 씨는 새끼손가락으로 유리잔 속의 얼음을 저었다.

"그러니까 앞으로 공연하는 모든 개그에 우리가 담겨 있어. 뭘 하든 개그맨에게 은퇴라는 건 없어."

그렇게 말하고 가미야 씨는 얼음만 남은 유리잔을 입에 대면서 조금 멋쩍은 표정을 지었다.

"네에, 사부님, 고맙습니다. 어떤 환경에 가더라도 웃음으로 쾅쾅 때려주고 다니라는 말씀이시지요?"

웃음이라는 단어를 말할 때는 힘을 줘 소리 냈더니 가미야 씨가 대꾸했다.

"너, 지금 나 놀려먹은 거지?"

불꽃

나는 개그맨을 그만두고 우선 이자카야 두 군데서 쉼
없이 일하면서 생계를 꾸려나갔다. 오사카 본가로 돌아
간 야마시타는 휴대전화 매장으로 취직이 정해진 모양
이었다. 가미야 씨와는 이따금 연락을 주고받았다. 가미
야 씨의 전기를 위해 써둔 노트는 스무 권을 넘어섰다.
그 반 이상은 나와 스파크스, 그리고 연애에 관한 얘기
였다. 그중에서 가미야 씨를 가미야 씨답게 보여주는 일
화만 한데 모으면 어쩌면 전기가 될지도 모른다.

하지만 나는 그때까지 전기라는 건 한 권도 읽어본
적이 없었다. 가미야 씨가 꼭 실어달라고 당부한 자작시

도 받아 적어놓기는 했지만, 전기에 그런 것을 실어도 되는 건가.

　11월 중순을 지나 본격적인 겨울의 도래가 감지되는 바람이 불 무렵, 가미야 씨의 소재지를 묻는 오바야시 씨의 전화가 왔다. 갑자기 연락이 뚝 끊기고 일하러 나오지도 않는다고 했다. 나도 즉시 가미야 씨에게 전화해봤지만 연결되지 않았다. 그날 중으로 미슈쿠의 집에도 가봤으나, 현관문 손잡이에 입주자용 전기와 가스 공지사항이 걸려 있는 것을 보니 이미 그 집에 살지 않는 모양이었다. 산겐자야의 유키 씨네 집에 있는지도 모른다는 생각이 퍼뜩 들었지만, 가미야 씨가 자신의 의사에 따라 나오지 않는 것이라면 무턱대고 찾아가서는 안 된다고 생각했다. 오바야시 씨의 말에 따르면, 대출 빚이 천만 엔 가까이까지 쌓였다고 한다. 미슈쿠의 집을 뒤로 하고 246번 국도로 나서자 차디찬 바람이 끊일 새 없이 불어왔다. 빈 택시가 몇 대씩 연달아 달려갔다. 한 대 한 대 내 옆으로 다가오더니 눈치를 살피듯이 서행했다. 나를 잡아먹으려고 물색 중인 뭔가 거대한 생물처럼 보였다. 가미야 씨는 대체 어디로 가버렸을까.

　　　　　　　　　　　　불꽃

나는 아는 사람이 소개해 준 시모키타자와의 부동산
회사에서 일하게 되었다. 사무적인 작업은 결코 잘하는
편이 아니지만 접객에서는 개그맨 경험이 큰 도움이 되
었다. 방을 구하러 온 청년 둘이 코미디언 시절의 나를
알아본 적이 있었다. 집이 정해지면 내년 봄에 도쿄로
올라와 개그맨이 되기 위해 뛰어볼 거라고 했다. 함께
집을 둘러보러 다닐 때도 틈만 나면 재미있는 얘기를 들
려주면서 내 반응을 살폈다. 나는 내내 미소를 짓고 있
다가 정말로 재미있을 때만 소리 내어 웃었다. 자신의
재능을 조금도 의심하지 않고 서로 재미있다는 것을 자

랑스럽게 드러내며 경쟁하는 그들이 눈부셨다. 이름이 아주 조금만 알려진 나는 그들의 입장에서는 최적의 시험대였을 것이다. 언제라도 대사 맞추기를 할 수 있도록 와다보리 공원 근처의 집을 소개해 주었다.

가미야 씨는 여전히 행방불명이었다. 빚이 지나치게 많아져서 어디선가 강제 노역을 하고 있을 것이다, 이상한 비디오에 출연하고 있을 것이다, 하는 소문이 떠돌았지만 모두 신빙성이 떨어지는 얘기들뿐이었다.

그날 나는 시모키타자와에서 근무를 끝내고 스즈나리요코초에서 내장볶음을 먹으며 혼자 술을 마시고 있었다. 두 잔째 잔을 기울일 즈음, 모르는 번호에서 착신이 있었다. 직감적으로 가미야 씨라고 생각했다. 가미야 씨의 목소리를 듣는 것은 1년 만이었다. 개그밖에 모르는 사람이 1년 동안이나 어디서 무엇을 하고 있었단 말인가. 마시던 잔을 단숨에 비우고 택시에 뛰어들어 이케지리 대교로 달렸다. 역 앞의 이자카야 〈하나시즈쿠〉에 들어서자 이미 얼굴이 불콰해져서 점퍼는 의자 등받이에 걸쳐놓고 낙낙한 스웨터의 소매를 걷어 올린 가미야 씨가 안쪽 자리에서 나를 향해 손을 번쩍 들었다. 약간 여윈 느낌이 있었지만 1년 전보다 예리하고 사내답게 보였다. 하지만 가미야 씨의 모습을 본 순간부터 뭔가 묘한 위화감이 들었다. 엄청나게 불길한 예감이 덮쳐 왔다.

"가미야 씨, 1년씩이나 대체 어디서 뭘 하고 있었습니까?"

내 말에는 취조하는 듯한 여운이 있었다.

"나 찾아다녔다면서? 오바야시한테서 얘기 들었어. 그 녀석, 냅다 얼굴에 주먹을 날리더라."

가미야 씨는 아직도 얼얼하다는 듯 자신의 뺨을 만졌다.

오바야시 씨는 관계자들에게 머리를 숙이고 다니며 여태껏 소속사에 적을 남겨둔 채 가미야 씨를 기다렸던 것이다. 그나저나 이 위화감은 대체 무엇인가.

"도쿠나가, 내 얘기 좀 들어봐. 진짜 최악이다. 오늘 소속사에 사과하러 갔는데 이제 안 된다는 거야."

"그야 그럴 만도 하죠."

일을 내팽개치고 1년씩이나 소식을 끊어버렸으니 뭔가 큰 사건에 휘말렸다든가 하는 이유가 아닌 한, 어떤

직종에서든 해고는 당연한 일일 것이다.

"빚이 점점 쌓여서 진짜 어떻게 해볼 도리가 없었어. 그래서 내가 돈을 좀 마련해 보려고 오사카로 돌아가 이리저리 뛰어다녔잖냐."

"그래서, 갚았어요?"

"결국 개인파산 신청하고, 위태위태한 몇 군데만 대충 갚았어. 도쿠나가, 절대로 사채는 쓰지 마라. 사채업자, 엄청 무서워. 전화를 계속 썼었더니만 부재중 전화에 '우리가 어차피 강제징수는 못 할 거라고 생각하지? 심하게 독촉하면 법에 걸려서 잡혀가니까. 근데 너, 담배 피우지? 내일 똑같은 담배꽁초 너희 집 앞에 뿌려둘 테니까 우리 너무 얕잡아 보지 마라!'라고 들어와 있는 거야. 와아, 엄청 무섭잖냐? 그러고는 다음 날 현관문 열었더니 진짜로 꽁초가 있더라니까. 어휴, 완전 새파랗게 질려버렸지. 근데 말이다, 꽁초를 자세히 살펴봤더니 내가 피우는 쇼트호프가 아니라 피아니시모 멘솔인 거야. 당신들, 나를 얕잡아 보는 거야, 라고 무심결에 소리를 질렀다니까. 피아니시모 멘솔이라니, 그건 여자들이 피우는 거잖냐."

불꽃

가미야 씨는 오랜만이라서 그런지 신나게 떠들어댔지만 나는 왠지 점점 더 불안해졌다.

"근데 나중에 그 징수원하고 완전히 친해져서 함께 파친코에 갈 정도의 사이가 됐잖냐. 근데 말이다, 이번에는 파친코에서 친구로서 또 돈을 빌렸어. 그걸 못 갚았더니 너는 역시 개똥 같은 놈이니 뭐니, 내가 아직도 좀 쫓겨 다니고 있잖냐."

어째서 이 사람은 모처럼 갖고 태어난 자신의 재능을 살리지 못하는 것일까. 이 판국에도 뭘 그렇게 재미나게 이야기하는 것일까.

그 순간, 나는 위화감의 정체를 깨달아버렸다. 그건 가미야 씨라는 인물이 어떤 사람인지를 재확인하는 일대 사건이었다. 물론 세상 사람들의 눈에는 하잘것없는 작은 웃음거리인지도 모른다.

벌써 몇 년째 까맣게 잊고 있었던 절망이라는 감정이 쌍수를 들고 나를 향해 달려왔다. 오래된 옛 친구를 다시 만난 것처럼 반가운 마음까지 들었다.

느릿느릿 스웨터를 벗은 가미야 씨의 양쪽 가슴이 불룩해져 있었다.

좌우로 '거유巨乳'라고 해도 별 지장이 없을 만큼 큼직
한 젖가슴이 흔들리고 있었다.

"뭐, 뭡니까, 이게?"

나는 눈을 깜빡이는 것도 잊고 그 이상한 물체를 빤
히 쳐다보았다.

"F컵이랍니다."

가미야 씨는 두 손으로 가슴을 살짝 받쳐 들고 분명
그렇게 말했다.

"뭐하는 겁니까!"

이 사람은 대체 무슨 생각을 하고 사는 건가.

"기왕이면 큰 게 재미있을 거 같아서. 실리콘, 엄청
넣었어."

이 사람이 드디어 미친 것인가.

"내가 내내 캐릭터라는 것을 부정해 왔는데, 생각해
보니 그것도 좀 틀렸다 싶더라고. 캐릭터에 밀려버리는
재미라는 건 전혀 재미있는 게 아니잖냐."

흐뭇한 듯이 말하는 가미야 씨를 보며 나는 공포와
억울함이 뒤섞인 감정으로 잠시 이 세계를 진심으로 저
주했다.

"그건 안 통하지요. 다들 그 가슴만 쳐다볼 거라고요."

내 말에는 몰아치는 듯한 냉혹한 어감이 있었다. 이 사람이 제대로 살아갈 수 없으리라는 것쯤은 처음부터 알고 있었다. 하지만 우직할 정도로 굴절된 이 사람에게 나는, 공연한 오지랖인지도 모르지만, 평범한 말투가 허용된다면, 그저 행복해 주기만을 바랐던 것이다.

"그걸로 누가 웃겠냐고요!"

"왜 안 웃어? 재미있잖아."

"전혀 재미있지 않아요. 그런 건 캐릭터도 뭣도 아니에요. 그냥 이상한 놈입니다. 가미야 씨, 재미있는 사람 아니었어요?"

어느 누구에게서도 이해받을 수 없는 이 사람의 존재가 억울했다. 그래도 웃어주었더라면 좋았을까.

"이걸로 텔레비전에 나갈 수 있다고 생각했는데……."

티끌 하나 없는 눈빛으로 나를 보고 있었다.

"나갈 수 있을 리가 없잖아요. 젖가슴 큰 30대 아저씨를 보고 누가 웃겠냐고요."

이 사람은 어리석은 자다. 평생 천치다.

"가슴 넣을 때는 우선 나부터 너무 재미있어서 혼자 한참을 웃었어. 근데 유일하게 친하게 지냈던 직원을 만나 이걸로 텔레비전에 나갈 거라고 말했더니 반응이 얼음처럼 썰렁한 거야. 그러고부터는 나도 갑자기 겁이 나서……."

가미야 씨는 무르팍 위에서 주먹을 움켜쥐고 고개를 떨구었다.

"뭐하는 겁니까, 진짜."

말이 뾰족하게 튀어나갔다.

"큰일을 저질러버렸나 하고 겁이 나서, 그래서 도쿠나가 너라면 웃어줄 것 같아서……."

"웃겠어요, 내가?"

나는 이 사람을 만나면서 정말로 울보가 된 모양이다.

"도쿠나가, 어쩌지? 텔레비전은 아무래도 안 되겠냐?"

가미야 씨는 눈치를 살피듯이 내 얼굴을 들여다보았다. 나는 고개를 번쩍 들고 크게 숨을 들이쉬었다.

"가미야 씨, 가미야 씨는 말이죠, 전혀 악의가 없었다고 생각해요. 늘 함께 있었으니까 나는 그거, 다 알아요.

가미야 씨는 중년 아저씨가 큼직한 젖가슴을 흔들면 재미있겠다는 정도의 감각으로 했겠지요. 근데요, 이 세상에는 성의 문제라든가 사회 안에서의 젠더 문제로 고민하는 사람들이 아주 많아요. 그런 사람들이 지금 이 상태의 가미야 씨를 보면 어떻게 생각하겠냐고요."

나는 내 입에서 튀어나온 너무도 상식적인 말에 나 스스로도 놀랐다.

뺨에 흐르는 눈물을 나는 더 이상 닦지 않았다.

"불쾌하겠지……."

가미야 씨도 눈이 붉어진 채 어깨를 떨고 있었다.

"그렇죠? 가미야 씨에게는 전혀 악의가 없었다고 해도 그런 문제를 떠안고 있는 본인이라든가 가족이라든가 친구들이 있다는 거, 우리 잘 알잖아요. 세상 모두가 가미야 씨 같은 사람들뿐이라면 아무 문제가 없겠지요. 그리고 혹시 가미야 씨가 순수한 마음으로 여성이 되고 싶었던 거라면 아무 문제도 없을 거예요. 하지만 그런 거 아니잖아요. 그런 사람을 이유 없이 멸시하는 이상한 놈들이 있다는 거, 우리도 알고 세상 사람들도 다 알아요. 가미야 씨에 대해 전혀 모르는 사람들은 가미야 씨를 그런 이상한 놈이라고 생각할 수도 있잖아요. 가미야 씨를 알 방법이 그것밖에 없으니까. 판단 기준의 맨 처음에 그 행위가 놓이니까. 가미야 씨한테 악의가 없었다는 건 나도 잘 알아요. 하지만 우리는 세상 사람들을 완전히 무시할 수는 없잖습니까. 세상 사람들을 무시하는 것은 인간에게 착하지 않은 일이에요. 그건 거의 재미없다는 것과 똑같은 뜻이라고요."

주위 손님들 따위, 전혀 신경 쓰이지 않았다.

"도쿠나가, 더 이상 말하지 말아줘."

"가미야 씨를 나무라는 게 아니에요. 어쩌면 가미야 씨는 하나도 나쁘지 않은지도 모른다고요."

이 사람이 나쁘다고는 도저히 생각할 수 없었다.

"아니, 내가 나빠. 진짜로 바보 천치야. 어쩌냐, 이걸."

가미야 씨는 가슴이 흔들리지 않게 조심조심 울었다.

"가미야 씨에게 차별 의식이 전혀 없다는 건 알고 있습니다. 남자가 젖가슴이 출렁거리면 재미있다는 발상과 성별을 경멸하는 것과는 완전히 다르죠. 그런 거, 나도 잘 알아요. 하지만 똑같다고 생각할 거라고요. 혹은 동질의 불쾌감을 느낄 거라고요. 우리가 정보로서 가진

불꽃

것인지 잠재적인 혐오감인지는 모르겠지만, 그런 우리 안의 미묘한 차별 의식과 연결 지어서 가미야 씨의 행위는 도저히 허용될 수가 없어요."

괴로워하는 가미야 씨를 이렇게 다그치는 짓은 하고 싶지 않았다.

"미안하다. 내가 벌써 몇 년째 도쿠나가 너 말고는 어느 누구에게서도 재미있다는 말을 못 들었잖냐. 그래서 그 사람들 입에서 재미있다는 말, 듣고 싶었어. 도쿠나가가 네가 재미있다고 말해줬으니까 어떻든 포기는 하지 말자고 결심했어. 내가 재미있다고 생각하는 데서 멈추지 말고, 그 질을 떨어뜨리지 않으면서도 사람들에게 전달할 방법을 내 나름대로 모색해 본 거야. 근데 그 방법을 모르겠더라. 그러고는 어느 틈에 보니까 내 가슴이 이렇게 커져버렸어. 지금은 진짜로 후회하고 있어. 정말로 미안하다."

우리 외에는 예의 바른 젊은 남녀가 조용히 메밀국수를 먹고 있었다. 그 두 사람의 모습은 정사하는 연인의 소설을 떠올리게 했다. 가장 큰 테이블에서는 회사원으로 보이는 단체객이 활기차게 술을 마시고 점원들은 줄곧 그쪽에 매달려 있었다. 다급하게 돌아가는 주방의 소란스러움은 틀림없이 사람들의 절실한 생활의 소리였다. 변함없이 풍경에 어우러지지 못하는 가미야 씨에게 휩쓸려 우리는 그곳에서 뚝 잘려 나온 공간 속에서, 그곳에 존재하는 젖가슴에 대한 걱정을 하며, 10년 넘게 흘러간 시절을 생각하며, 흐릿하게 초점이 맞춰지지 않는 시야로 한순간인지 영원인지 알 수 없는 시간 동안 주변의 시선도 아랑곳하지 않고 목이 메게 울었다.

도쿄역에서 아타미로 향하는 신칸선의 흔들림에 몸을 맡겼다. 가미야 씨는 두툼한 스웨터 위에 특대 사이즈의 파카를 걸쳐서 불룩한 가슴을 감췄다. 정월 연휴를 느긋하게 보내고 싶다는 생각이 나서 마침 가미야 씨의 생일도 다가오는 참이라 축하도 할 겸 온천 여행을 제안했다. 내 욕심으로는 따뜻한 남쪽 섬까지 가고 싶었지만 현실적인 계획이 아니라서 결국 아타미로 정했다.
가미야 씨는 완전히 들떠서 기차를 타는 시간은 한시간도 안 된다고 내가 미리 설명해 줬는데도 안주를 펼

불꽃

처놓고 소주를 마셔가며 억지로 여행 분위기를 만끽하려 하고 있었다.

"도쿠나가, 온천에 함께 못 들어갈 거 같아. 미안해."

가미야 씨의 말에 "닥쳐요!"라고 내가 답했다.

"아니, 그보다 난 어느 쪽 탕에 들어가야지?"

가미야 씨가 불안한 표정으로 속삭였다.

"남탕이죠, 당연히."

"다른 손님들이 패닉에 빠지는 거 아니야? 나, 남한 테 민폐 끼치는 거 엄청 싫은데."

가미야 씨가 간절한 눈빛으로 하소연했다.

누가 누구한테 하는 소리인지.

"남에게 민폐 끼치는 데 천재잖아요."

사전에 온천을 검색해서 제법 가격이 비싸기는 했지만 객실 안에 온천 물을 계속 틀어놓는 노천탕이 딸린 방을 예약했다. 다른 대형 노천탕도 시간대에 따라 전세가 가능하다는 설명을 전화로 들었다. 아타미역 플랫폼으로 신칸선이 미끄러져 들어갔을 때 가미야 씨는 급하게 오징어를 입에 몰아넣은 탓에 여관에 도착해서도 여전히 어금니로 질겅질겅 씹고 있었다.

불꽃이 터질 때마다 박수 소리와 환성이 울려 퍼졌다. 장내 안내 방송에서는 후원해 준 대기업의 이름을 발표하고 그때마다 멋지고 장대한 불꽃이 겨울 밤하늘에 활짝 피어났다. 바닷가에 내려가 지켜보던 우리는 그 불꽃을 마음껏 즐겼다. 아타미에서는 여름철뿐만 아니라 1년에 몇 번씩 불꽃놀이 대회가 열린다고 한다. 차례차례 후원 기업을 호명하고 커다란 불꽃이 슈우욱 올라갔다. 한층 더 장대한 불꽃이 터지고 환성이 휘몰아친 뒤, 잠시 빈 시간이 있어서 관객들은 밤하늘에 하얀 연기가 드리워지는 것을 멍하니 바라보았다. 그러자 후원 기업을 알려줄 때보다 좀 더 환한 목소리의 장내 안내 방송이 "치에 짱, 항상 고맙다. 결혼하자"라는 메시지를 읽어 울렸다. 모두가 숨을 헉 삼켰다.

다음 순간, 밤하늘을 타고 올라간 불꽃은 공치사로도 화려하다고는 할 수 없는 수수한 느낌의 불꽃이었다. 그 너무도 노골적인 기업과 개인의 자금력의 차이를 목도하자 나는 무심결에 웃음이 터져버렸다. 얕잡아 보고 웃은 것이 아니었다. 지불한 대가에 '마음'이 반영되지 않

불꽃

는다는 이 세계의 압도적인 무정함을 웃은 것이다. 하지만 다음 순간, 우리 귀에 들려온 것은 지금까지와는 비교가 되지 않을 만큼 솟구친 우레 같은 박수 소리와 환성이었다. 그것은 불꽃 소리를 능가할 만큼 거대한 것이었다. 군중이 두 사람을 축복해 주기 위해, 그리고 행여 창피한 마음이 들지 않도록 하기 위해, 힘을 합친 것이다. 가미야 씨도 나도 추위에 언 손바닥이 빨개지도록 박수를 쳤다.

"이게 바로 인간이지."

가미야 씨가 중얼거렸다.

불꽃을 구경한 뒤, 맨 처음 둘이서 함께 갔던 이자카야를 10년 만에 다시 찾았다. 가미야 씨가 여점원을 자못 반갑다는 듯이 바라보며 "와아, 누님, 하나도 안 변하셨네. 우리가 10년 전에도 왔었거든요. 기억나요?"라고 말하자 여점원은 "나, 지난달부터 나왔는데요"라고 웃는 얼굴로 대답했다.

여관에 돌아온 뒤에도 가미야 씨는 신이 나 있었다.

"도쿠나가, CD 빌려주는 모양이다. 뭔가 빌려가자."

그러면서 접수처로 다시 돌아갔다. 하지만 접수처 여직원이 예상 밖으로 나이가 어린 것에 당황했는지 마치 책을 읽는 듯한 말투로 묻고 있었다.

"섹스 피스톨즈나 클래시 같은 거, 있습니까?"

"그런 건 평소에 듣지도 않잖아요."

내 말에 가미야 씨는 필사적인 얼굴로 대들었다.

"너 바보냐? 내가 요즘 엄청 펑크한 음악을 듣는단 말이야."

결국 대부분의 CD가 대여 중이어서 남아 있는 걸로 몇 장 적당히 골라 빌려왔다.

"오늘 밤은 나 말고도 펑크 좋아하는 사람들이 숙박 중인 모양이네."

가미야 씨는 혼자서 계속 뺑을 까고 있었다.

방에 차려준 요리와 술을 먹으면서 가미야 씨는 기분이 좋아 보였다. 그다음 날 아마추어를 대상으로 하는 〈아타미 코미디대회〉가 있다는 포스터를 발견하고는 꼭 참가하겠다고 벼르고 나섰다. 응모 마감 기한이 지나서 안 된다고 해도 듣지 않았다. 우승하면 상금이 10만 엔이나 나온다고 했다.

가미야 씨는 "개그 한 편 짜야겠다"라면서 소주를 한 손에 들고 노천탕에 몸을 담갔다. 이 사람은 평생 코미디언일 것이다. 나는 늘 하던 대로 가미야 노트를 펼쳐 놓고 오늘 일어난 일들을 써 내려갔다.

가미야 씨가 "이건 왜 또 라이브 버전이야!"라고 물속에 들어앉은 채 소리쳤다. 접수처에서 빌려 온 밥 말리의 CD에 대한 얘기일 것이다.

가미야 씨의 머리 위에는 눈썹달이 태연히 떠 있었다. 그 아름다움은 평범한 기적이었다. 가미야 씨는 그냥 이곳에 있다. 존재하고 있다. 심장이 뛰고 있고 숨을 쉬고 있고, 이 자리에 있다. 가미야 씨는 성가실 만큼 온 힘과 온 영혼을 다해 살아 있다. 살아 있는 한, 배드 엔드라는 건 없다. 우리는 아직 도중이다. 이제부터 속편을 이어갈 것이다.

가미야 씨의 불평 따위는 무시하고 자메이카의 영웅은 '에브리싱스 고너 비 올라잇everything's gonna be alright*'이라고 세상을 향해 노래하고 있었다. 가미야 씨는 창문

---

* 밥 말리의 〈No Woman, No Cry〉의 후렴구.

밖 노천탕에서 나를 향해 "야, 진짜 엄청난 개그가 생각
났어!"라고 홀딱 벗은 채 수직으로 몇 번이나 껑충껑충
뛰면서 아름다운 젖가슴을 흔들고 있었다.

문학을 버리는 것에서
문학의 미래를 찾는다

아쿠타가와상 80년 베스트셀러 기록을 깨뜨린 소설

2015년은 일본 문학계가 여러 가지 의미에서 떠들썩한 한 해였다. 1935년부터 쟁쟁한 작가들을 배출해 온 문단 최고 권위의 아쿠타가와상 수상자로 전문 소설가가 아니라 개그맨 마타요시 나오키 씨의 작품이 뽑혔기 때문이다. 코미디계에서 수상자가 나온 것은 상이 제정된 이래 처음이었다.

《불꽃 HIBANA》은 마타요시 나오키 씨가 처음으로 쓴 장편소설이다. 2015년 1월에 문예지 〈문학계文學界〉에 처음 실렸다. 문예지가 개그맨을 작가로 발굴한 것도 이

례적이어서 이른바 '마타요시 효과'로 〈문학계〉는 1933년 창간 이래 최초로 발매 이틀 만에 중판, 누계 4만 부를 기록했다. 3월에 문예춘추文藝春秋 출판사에서 단행본으로 출간하고 7월에 아쿠타가와상을 수상하면서 이 책은 2016년 6월 현재, 260만 부가 팔려나갔다. 무라카미 류의 《한없이 투명에 가까운 블루》(131만 부)를 제치고, 아쿠타가와상 80년 역대 수상작 중 단행본으로는 가장 많이 팔린 책이 되었다. 수상작과 심사평, 수상자 인터뷰를 게재한 종합문예지 〈문예춘추〉 9월 호까지 110만 부가 넘는 발행 부수를 기록했다. 전자책은 다운로드 10만 건을 돌파했고, 뒤를 이어 문고본까지 출간될 터라서 소설 《불꽃 HIBANA》의 기록은 아직 현재진행형이다.

아쿠타가와상은 나오키상과 함께 일본 문단을 대표하는 문학상이다. 1년에 두 차례, 상반기(1월)와 하반기(7월)로 나누어 수상작을 선정한다. 과거 6개월 동안 각종 문예지에 게재되거나 단행본으로 출간된 중·장편소설을 대상으로 한다. 양대 문학상에서 해마다 네 명(공동 수상일 때는 그 수가 더 많아진다)의 작가가 영예의 전당에 오르는 셈이다. 심사위원은 아홉 명, 전통적으로 평론가 없이 전원 중견 소설가로 구성된다. 일단 심사위원 명단에 오르면 웬만해서는 교체되는 일이 없다. 노벨상 작가 가와바타 야스나리는 1회(1935년) 때부터 64회(1971년)까지 장장 35년을 역임했고 다른 심사위원들도 대부분 5년에서 10년 이상씩 맡고 있다.

나오키상이 대중성과 문학성을 겸비한 중견작가의 장편소설에 주어지는 일이 많은 데 비해 아쿠타가와상은 실험성과 파격성이 돋보이는 신인작가의 작품(때로는 데뷔작)이 선정되는 일이 많다. 사회문제와 시대정신, 문화의 경향을 담아내는 일종의 지표로서 문학에 관심이 있는 사람은 물론 대중에게도 주목도가 높아 수상작 발표 당일에는 소식이 속보로 언론을 장식한다. 예전에 비해 권위와 영향력이 감소하는 추세인 데다 상업성과 공정성에 대한 비판도 끊임없이 제기되고 있지만, 좋은 작가를 향한 상찬과 함께 문학계에 활력을 불어넣는 데 지대한 역할을 하고 있다는 점은 부정할 수 없다.

아쿠타가와상에 문학 이외의 분야에서 수상자가 나오기 시작한 것은 70년대 후반부터였다. 1977년 화가 이케다 마스오의 〈에게해에 바친다〉, 1980년 전위미술가 아카세가와 겐페이(필명 오쓰지 가쓰히코)의 〈아버지가 사라졌다〉, 음악계에서는 1997년 록가수 츠지 히토나리의 〈해협의 빛〉, 2000년에 역시 록가수 마치다 고의 〈조각조각〉이 수상했다. 2008년에 〈젖과 알〉로 수상한 가와카미 미에코도 가수 출신이다. 다른 분야의 도움을 받지 않으면 안 될 만큼 문학이 쇠퇴했다는 것에 대한 근거인지, 혹은 문학이 다른 분야와 융합하고 그 영역을 확장하면서 발전적으로 변모해 가는 것인지, 미래의 문학계를 위해 치열하게 고민해야 할 화두 중의 하나가 아닐까라고 생각한다.

마타요시 나오키 씨는 개그 콤비 '피스'의 멤버로, 알 만한 사람은 다 아는 인기 개그맨이다. 오사카 출신, 초등학교 때부터 축구를 해서 축구부가 강한 간사이 지역 고교에 특기생으로 입학해 전국대회 선발 선수로 출전했다. 동급생 중에 나중에 함께 개그맨이 된 친구들이 있어서 일찍부터 개그 대본을 짜는 등, 코미디언이라는 꿈은 중학교 2학년 때부터 명확히 정해졌다. 공부는 잘하지 못했지만 국어 성적만은 전국 톱에 오른 적이 있다. 교과서에 실린 아쿠타가와 류노스케의 단편과 다자이 오사무의 《인간실격》을 읽으면서 자신이 느낀 불안한 내면과 주위와의 불일치에 따른 갈등을 대작가들도 똑같이 안고 있다는 것을 발견한다. 특히 《인간실격》은 주인공 요조의 '부조리한 익살스러움과 인간에 대한 공포'에 깊이 공감해서 밑줄을 그어가며 두고두고 몇 번이고 다시 읽는 애독서라고 한다. 다자이 오사무의 사진을 휴대전화 대기 화면에 앉힐 만큼 오래전에 작고한 이 작가를 좋아한다. 자서전적 에세이 《밤을 뛰어넘다》에서 학생 시절에 '책은 생활에 직접적으로 반영된다는 것을 실감했다'고 밝히고 있다.

고교 졸업 후 1999년에 도쿄의 요시모토 종합예능학원(통칭 NSC)에 입학, 본격적인 예능 수업에 들어갔다. '자신이 믿고 있는 재미의 능력으로 교조가 되려는 개그맨 지망생 약 500명이 모여든 카오스적인 장소'였다고 한다. 2000년에 중학교 동창 하라 다케히로와 함께 '센코하나비線香花火'라는 이름으로 첫 콤비 개그를 시작했으나 2003년에 해산, 그 뒤 NSC 동기이자 절친한 친구 아야베 유지와 '피스'를 결성하여 현재에 이르렀다. 파리한 얼굴과 우울한 분위기, 거의 웃는 일이 없는 표정에 말은 느리고 목소리는 작아서 개그맨답지 않은 개그맨이다. 거기에 웨이브가 들어간 장발과 개성적인 옷차림으로 독특한 분위기를 풍긴다.

일거리가 거의 없던 10여 년의 무명 시절에는 신간으로 나온 현대소설 대신 헌책방에서 무더기로 파는 근대문학을 집중적으로 읽었다. 책값이 저렴했기 때문이지만 괜찮은 문학 공부가 되었다. 궁핍한 시절의 허기진 시간들을 책을 읽고 개그 대본을 짜고 산책을 하는 것으로 채워 넣었다. 도쿄의 기치조지와 미타, 오기쿠보 지역의 헌책방을 샅샅이 섭렵한 뒤에 진보초 헌책방 거리로 진출해 서점 주인들과 나란히 〈진보초의 10인〉으로 선정되었을 만큼 드나들었다. 지금까지 2천 권 이상의 책을 읽은 것으로 알려져서 코미디계를 통틀어 첫 손가락에 꼽히는 독서가다.

암울한 무명 시절에 '그것밖에는 할 일이 없어서' 거의 매일같이 메모하듯이 짤막한 개그 대사를, 시간이 나면 긴 개그 대본을 썼다. 동료들 사이에서는 책만 읽는 이상한 개그맨이었지만, 소속사 홍보지에 칼럼을 장기간 무보수로 연재하면서 짧은 지면에 맞춰 긴 문장을 효과적으로 압축하는 방법을 훈련했다. 독서가로 알려지면서 서평을 써달라는 의뢰도 들어왔다. 자신이 출연하기로 한 연극의 각본을 직접 써낸 것을 시작으로 여러 편의 각본을 완성해 무대에 올렸다. 콤비 개그는 정곡을 찌르는 짧은 대사로 관객의 웃음을 이끌어낸다. 그래서 개그 대본은, 정해진 글자 수에 절제미를 담아내는 정형시와 닮은 점이 많다. 우연한 기회에 그의 재능을 알아본 하이쿠俳句 시인이 있어서 함께 두 권의 시집을 냈다. 글을 압축하다 보면 필연적으로 한자어가 많아진다. 기발한 발상을 더해 창작 사자성어 모음집을 냈다. 그의 생활 옆에는 항상 책이라는 존재가 있었다. 그간 탐독해 온 작가를, 그 작품을, 일상의 한 장면으로서 독자에게 알리고 싶어서《제2도서계 보좌》라는 서평집을 냈다. 지방 도시에서 올라온 개그맨이 긴 무명 시절의 눈빛으로 보고 느낀 대도시의 기척은 수필집《도쿄백경東京百鏡》에 담았다. 〈문학 프리마〉라는 아마추어 문학 동인지 판매 행사장에 개인적으로 찾아갔다가 문예춘추 출판사의 편집인을 만나면서 처음으로 문예지에 실을 단편소설을 써달라는 청탁을 받았다. 거기에 응해 〈별책 문예춘추〉에 두 편의 단편소설을 발표한 것이 2012년이다.

《불꽃 HIBANA》은 이 편집인이 문예춘추의 계열사인 〈문학계〉로 옮기면서 2015년에 그쪽에 실렸다. 문예지 게재 때부터 히트할 조짐을 보이더니 단행본으로 출간되고 아쿠타가와상을 수상하면서 그야말로 대박을 터뜨렸다. 그래도 그의 성공을 시샘하는 목소리는 거의 들리지 않는다. 1999년에 개그맨이 되기 위해 도쿄에 올라와 '앞이 보이지 않는 상황 속에서 정체 모를 양심의 가책과 두려움에 시달리면서도 어떻든 필사적으로 헤쳐 나온' 끝의 일이었다. 긴 무명 시절의 주머니 사정 때문에, 그리고 여기저기 돌아다니며 글을 써야 했기 때문에, 이 작가는 휴대전화 키보드로 글을 썼다. 엄지손가락에 건초염이 생긴 최초의 작가라는 개그 같은 얘기도 들려온다. 처음에는 '독특한 대사로 요즘 방송에 자주 나오는 마타요시'가 개그계를 무대로 쓴 소설이라는 게 화제였지만, 서서히 소설 자체의 어디서도 본 적이 없는 독창성, 세련된 문장 구사, 곱씹어 볼 만한 수수께끼 같은 경구警句, 누구라도 맞닥뜨리는 현실과 이상 사이의 고뇌,

올곧다는 것, 순수함과 고결함, 성공에 대한 솔직한 열
망, 전달의 문제, 인간에 대한 선량함, 곳곳에 숨어 있는
짠한 감동에 대한 좋은 평가가 독자들 사이에 퍼졌다.

참고로 아쿠타가와상 심사평을 짧게 요약해서 소개
한다. 비추천의 심사평은 생략한다.

수상작으로 추천했다. 이 작가가 한창 화제가 되는 개그맨이
라느니, 《불꽃 HIBANA》이 이미 발행 부수 60만 부를 넘었다
느니 하는 일들과는 전혀 관계가 없다. 생경한 '문학적' 표현
속에 순수하고 한결같은 뭔가가 느껴졌다.

미야모토 테루

이런 등장인물들이 내 동료나 혈육이나 친구라면 좀 힘들겠
다,라고 내심 떨리기도 했지만 그래도 점점 좋아져 버렸다. 인
간 존재에 자리한 모순과 기쁨과 실망과 맥 빠짐, 번쩍이는 듯
한 뭔가가(아주 작디작은 것인데) 많이 담겨 있었다.

가와카미 히로미

웰던. 이보다 더 재웠다가는 문학 냄새가 지나치게 짙어져 버
리는 아슬아슬한 지점까지 잘 눌러둬서 그야말로 한창 읽기
좋을 때. 분명 이 작가의 몸과 마음에도 수많은 중요한 것들이
흡수되었을 것이다.

야마다 에이미

《불꽃 HIBANA》의 화자가 나는 좋았다. 타인을 무조건적으로, 통째로 긍정할 수 있는 사람이라서 천재임을 내세우는 사기꾼 기질의 가미야라는 존재를 이토록 깊숙이 파헤쳐 냈다. 《불꽃_HIBANA》의 성공은 가미야가 아니라 '나'를 훌륭하게 묘사했다는 점에 있다.

오가와 요코

피상적인 묘사, 단조로운 반복을 작자 스스로 깨닫고 있다. 그래도 끝까지 걸어가는 것으로 속이 탱탱한 수영 튜브를 붙잡고 떠오를 수 있었다. 그다음은 자신의 것이 아닌 그 구체球体의 무게를 뜨거운 물 밖에서는 어떻게 떠안을 것이냐에 달려 있다.

호리에 도시유키

자나 깨나 웃기는 대사를 궁리하는 코미디언의 일상을 기록하듯이 꼼꼼히 써 내려갔더니 뜻밖에도 오락성 뛰어난 작품으로 완성되었다. 개그 대본 스무 편 분량에 디테일을 빠짐없이 채워 넣으면 재미있게 읽을 만한 소설 한 편이 나온다는 것을 증명한 소설이다. 하지만 '우리만의 내부 정보'를 써먹을 수 있는 것은 단 한 번뿐이다.

시마다 마사히코

코미디계 용어는 우리말로 옮기기 어려운 단어들이

많았다. 이 책에서 '콤비 개그'로 번역한 단어는 일본어로는 '만자이漫才'. 스탠드 마이크를 마주하고 나란히 선 두 명의 코미디언이 각각 '바보 역할'과 '똑똑이 역할'을 맡고, 서로 주고받는 대화를 통해서만 관객의 웃음을 따내는 형식이다. 바보 역할이 일반 상식과는 동떨어진 엉뚱하고 기발한 얘기로 말문을 열면 똑똑이 역할은 그것을 상식적인 방향으로 되돌리려고 과장된 반응을 보인다. 예전의 만자이와는 달리 요즘은 무대의상도 자유로워졌다. 그래도 지나친 분장이나 몸짓, 소도구 사용은 최소화하고 오로지 둘이 나누는 언어의 묘미로 웃음을 만든다는 기본은 변함이 없다. 실제로는 언제 어디서나 오직 '만자이'만 하는 코미디언은 드물고, 무대나 방송의 성격에 따라 그때그때 다양한 방식의 희극을 연출하는 경우가 많다. 우리말에서는 '만담'이 '만자이'와 가장 가깝지만 안타깝게도 '만담'이라는 말은 흘러간 시대의 것이 되어버렸다. 요즘 유행하는 '개그'에 둘이 짝을 짓는다는 뜻을 더해 '콤비 개그'라고 옮기는 게 그나마 실감 나게 다가올 것이라고 생각했다.

매우 개인적인 느낌이지만, 나는 코미디언을 진짜로

좋아한다. 그들에게서는 모든 것을 비워버린 대범함 같은 것이 느껴지기 때문이다. 일반적인 상식을 비틀고, 교양이니 체면이니 권위니 명예 따위는 물론 미련 없이 버리고, 때로는 인간적인 무엇까지도 좋은 의미로 비워버린다. 그렇게 비워버려서 그들은 어떤 인간이든 껴안아 버릴 만큼 거대한 품이 된다. 인간관계에 가장 친화적이고, 순발력 뛰어나고 재치 번뜩이고 놀랄 만큼 다양한 재주를 갖고 있다.

마타요시 나오키는 대본을 짜는 일이 재미있어서 코미디 중에서도 오로지 대사(언어)로 승부하는 '만자이―콤비 개그'에 중점을 두고 거기에 인생을 걸고 있다. 하지만 파트너 아야베 유지는 그의 대본에서 조금이라도 문학적이거나 철학적인 냄새가 나면 강한 혐오감을 드러냈다. 혐오의 대상인 '문학적이거나 철학적인 것', 그 몹쓸 것을 미련 없이 버리지 않고서는 모든 것을 포용하는 재미는 나오지 않는다고 직감했기 때문일 것이다. 어떻든 파트너 아야베와 협업을 해야 하는 마타요시는 절충안으로써 '표면상 문학적이거나 철학적인 것을 최대한 배제한 것처럼' 만들기 위해 고민하지 않으면 안 되었다.

그것이 개그 대본이 아니라 소설일 경우에는 어떻게 반영될까. 《불꽃 HIBANA》은 그의 또 다른 파트너인 독자들과의 협업을 위해 '표면상 문학적이거나 철학적인 것을 최대한 배제한 것처럼' 고민에 고민을 거듭한 결과물인지도 모른다. 문학을 버리는 것에서 문학의 미래를 찾는다, 라는 선문답 같은 말이 번역을 하는 동안 내내 머릿속을 맴돌았다.

양윤옥

웃프다! 하지만 감동적이다, 최고의 소설

개그맨은 웃음을 전달하는 사람이지, 남의 웃음거리가 아닙니다. 개그맨은 단순한 웃음거리가 되지 않기 위해 오히려 웃음을 진지하고 치밀하게 연습해야 합니다. 왜냐고요? 웃음은 정해진 틀도 없고 사람마다 추구하는 방식과 관점이 다르기 때문이죠.

《불꽃 HIBANA》에서는 관객들이 웃는 것이라면 그저 좋다는 개그맨들의 가슴 찐한 인생사가 펼쳐집니다. 개그맨 도쿠나가와 가미야는 개그를 향한 열정 하나로 뭉쳐 서로의 삶을 공유하지만 웃음을 다루는 방식과 철학은 다릅니다. 물론 어떤 웃음이 옳고 그르다를 말하는 것은 힘듭니다. 하물며 우리의 삶도 어떤 것이 옳다 그르다 말할 수 없지 않을까요?

개그에 대한 열정 하나로 고군분투하는 이야기에 푹 빠져 읽다 보니, 마찬가지로 열정으로 무장했지만 설자리가 부족해 힘들어하는 한국의 젊은이들이 떠오르네요. 이 소설을 고된 삶을 살아가는 청춘들과 함께 읽으며 지금도 충분히 잘 하고 있다고, 더 괜찮은 당신이 되어 가는 과정일 뿐이니 너무 걱정 말라고 진심으로 위로를 건네고 싶습니다.

컬투 정찬우

불꽃 HIBANA 〈개정판〉

2016년 7월 1일 1판 1쇄 발행
2024년 3월 25일 2판 1쇄 발행

저 자	마타요시 나오키
옮 긴 이	양윤옥
발 행 인	유재옥
담 당 편 집	최서영

이 사	조병권
출 판 본 부 장	박광운
편 집 1 팀	최서영
편 집 2 팀	정영길 조찬희 박치우 정지원
편 집 3 팀	오준영 이소의 권진영
디 자 인 랩 팀	김보라 박민솔
디지털사업팀	박상섭 김지연 윤희진
라이츠사업팀	김정미 맹미영 이윤서
영업마케팅팀	최원석 박수진 이다은
물 류 팀	허석용 백철기
경 영 지 원 팀	최정연
발 행 처	(주)소미미디어
등 록	제2015-000008호
주 소	서울시 마포구 토정로 222, 501호(신수동, 한국출판콘텐츠센터)
판 매	(주)소미미디어
전 화	편집부 (070)4260-1393, (070)4260-1391 기획실 (02)567-3388
	판매 및 마케팅 (070)8822-2301, Fax (02)322-7665

ISBN 979-11-384-8210-3 03830